LE PORTRAIT,

OU

LA VALLÉE

DES TOMBEAUX.

DE L'IMPRIMERIE DE COUSIN-DANELLE, RENNES.

LE PORTRAIT,

OU

LA VALLÉE

DES TOMBEAUX,

PAR L'AUTEUR D'ARMAND ET ANGÉLA.

* * *

TOME TROISIEME.

* * *

PARIS,

CHEZ BÉCHET, LIBRAIRE, QUAI DES AUGUSTINS,
NUMÉRO 63.

1814.

LE PORTRAIT,

OU

LA VALLÉE

DES TOMBEAUX.

CHAPITRE PREMIER.

Au milieu des plus doux soins, le tems s'écoulait agréablement pour le tendre Gustave. Occupé de rendre le château de Vernoix digne de celle qui devait l'habiter, M. de Norlis voyait les heures se succéder avec une rapidité qui lui laissait à peine l'espérance que tous les changemens qu'il avait projetés pussent être faits; il est vrai que des désirs sans cesse renaissans venaient assaillir l'imagination poétique de Gustave. Il aurait voulu pouvoir animer tous les objets insensibles que devait contempler Mélica. Le parc immense de Vernoix, décoré de fabriques charmantes, exécutées avec goût, le hameau qui portait le nom chéri de son amante, recevant ses premiers habitans le premier jour du bonheur de Gustave, des arcs de triomphe formés avec des fleurs, de la mousse et de la verdure, des appartemens somptueux où la ma-

gnificence n'excluait point la grâce,
et où la grâce elle-même se montrait sous la livrée du luxe, tels
seraient les objets qui frapperaient
les regards de Mélica, lorsqu'elle
viendrait prendre possession de ce
temple, dont elle était la divinité.

M. de Norlis n'interrompait les
soins qu'il donnait à ses travaux
que pour se rendre auprès de ses
amis.

Le duc de Bellozane, de plus en
plus charmé du caractère aimable,
des douces vertus et de la raison
de M. de Norlis, ne pouvait se
lasser de s'entretenir avec lui, et
fortifiait par ses éloges, lorsqu'il
était avec elle, l'amour que Mélica
ressentait pour lui.

O mon père, disait l'infortunée,
en pleurant, que deviendrai-je, s'il

faut me séparer de lui, si le bonheur arrive trop tard, et qu'un
autre m'enlève la félicité en récla-
mant des droits....... qu'il ne tient
pas, hélas! de l'amour?

Tandis que l'espérance habite
au château de Vernoix, et que la
crainte réside au pavillon de la forêt,
voyons ce que devient le cruel ennemi d'Anastasio.

Averti, dans la terre étrangère
où il résidait, de la fuite de Léodgard du château d'Arnoldy et de
la trahison de Bartholo, le duc de
Mandoff vit en un instant tous ses
projets renversés, tous ses crimes
découverts, ses ennemis heureux,
et sa gloire flétrie à jamais. Le coup
était violent; son orgueil en fut
anéanti. Le remords ne pouvait
point entrer dans une ame comme

celle du duc de Mandoff; mais elle
était accessible à la honte, et sur-
tout aux regrets de voir ceux qu'il
haïssait près de ressaisir le bonheur
dont il croyait les avoir privés pour
jamais.

Ce moment fut affreux pour le
vindicatif Arnoldy; il avait bien su,
par d'adroites précautions, se
mettre à l'abri de l'impunité; mais
il s'était encore plus flatté que jamais Olympia ne pourrait reparaître dans le monde; il se croyait
sûr de Bartholo, et défiait dans son
cœur le duc de Bellozane de pouvoir prouver son innocence.

Il existait encore, ce témoin ir-
récusable qui devait rendre l'honneur à son ennemi ; Léodgard
l'avait retrouvé, son heureux génie

le faisait triompher de celui de M. de Mandoff. Par un juste arrêt de la vengeance céleste, il était réservé au fils de Julianno de perdre et de précipiter dans un abîme éternel celui qui avait causé la mort de Constantia.

Accablé par ces affreuses images, et succombant sous le poids de l'humiliation, le fier duc de Mandoff, revêtu d'un caractère respectable, environné de gloire et de grandeurs, l'arbitre du sort de deux états, entouré de flatteurs et de parasites, au sein des richesses et de la pompe des cours, n'eut d'autre asyle, pour échapper à l'opprobre, que celui du tombeau, ni d'autre perspective, pour se soustraire à ses maux, que celle d'une fin prochaine. Terrible

et frappante leçon pour les grands
de la terre qui ont tout pouvoir,
excepté celui de commander à leurs
passions.

——————————

CHAPITRE II.

Au moment où le comte de Norlis était prêt à terminer de la manière la plus satisfaisante les préparatifs de la fête de l'hymen, il vit
arriver au château de Vernoix le
fidèle Julien, dont l'air triste et
consterné n'annonçait pas à son
maître qu'il fût porteur de bonnes
nouvelles.

A son aspect, Gustave devina
qu'il lui était arrivé un malheur.
Julien ne confirma que trop ses

funestes idées, en lui apprenant que la belle Olympia et Dosithée sa nourrice avaient été enlevées de leur retraite; que malgré les perquisitions les plus exactes, les recherches les plus minutieuses et les soins d'une police vigilante, il n'avait pu découvrir aucune trace des ravisseurs, ni du lieu où ils avaient enseveli l'infortunée Olympia. L'enlèvement avait eu lieu la nuit, et Julien ne savait pas si ceux qui l'avaient effectué avaient eu recours à la force, à la ruse ou à la persuasion pour faire changer d'asyle à Olympia.

Cette nouvelle fut un coup de foudre pour M. de Norlis; ses soupçons se portèrent sur le duc de Mandolf, et en effet, on ne pouvait guère accuser que lui d'un en-

lèvement auquel il était plus intéressé que personne.

En soustrayant de nouveau sa
fille au monde ainsi qu'à la cour,
Arnoldy prévenait la fàcheuse dé-
couverte qui, en rendant au duc
de Bellozane la gloire et l'honneur,
devait en même tems enlever à son
ennemi ces deux biens dont il était
si fier. Le duc de Mandoff était
donc le seul intéressé à la disparition d'Olympia, et le seul qu'on dût
en accuser. Mais comment avoir la
preuve de ce nouveau crime et en
demander vengeance ? Il est censé
que depuis trois ans l'héritière de
la maison de Mandoff repose dans
la tombe. Par quel moyen détruire
cette première opinion, sans ap-
porter aucune preuve de l'existence d'Olympia ? et si on ne peut

démontrer clairement qu'elle a survécu au prétendu assassinat du duc de Bellozane, quel moyen employer pour rendre l'honneur à cette victime de la haine?

Consterné par ce nouvel incident, qui renversait tous ses projets, en détruisant toutes ses espérances de bonheur, le comte de Norlis conçut un instant la pensée de laisser ignorer à M. de Bellozane, ainsi qu'à sa fille, la triste nouvelle de la disparition d'Olympia. Mais bientôt rougissant de cette pensée, il prit la résolution, bien plus conforme à son noble caractère, de dire la vérité toute entière à celui duquel dépendait son sort. Oui, s'écria Gustave, si le duc de Bellozane a l'injustice de me punir du malheur attaché à ses

pas , et qu'il me refuse sa fille ,
parce que je ne puis lui rendre la
gloire , du moins je n'aurai pas
terni la mienne par une dissimu-
lation indigne d'un homme d'honneur. Avant de me nommer son
fils , il saura son sort , et peut-être,
après l'avoir connu , celui que
j'offre à Mélica aura-t-il plus de prix
encore à ses yeux. Soutenu par cette
espérance , animé d'ailleurs par la
noble certitude de remplir un devoir , le comte de Norlis se rendit
au pavillon, pour instruire le duc
de Bellozane du changement arrivé dans son sort.

Comme l'avait prévu Gustave,
la nouvelle de l'enlèvement d'Olympia produisit un effet terrible sur
l'infortuné proscrit ; mais , au
grand étonnement de ce dernier ,

ainsi que de Gustave, Mélica n'en
fut point aussi surprise ni aussi
consternée que l'on aurait pu le
croire. Ferme et courageuse, mademoiselle de Bellozane, parais-
sant plus tendre que fière, ne dis-
simula point à son amant qu'elle
consentirait sans peine à devoir à
son amour le rang et la fortune
que le sort jaloux s'obstinait à lui
refuser.

Le comte de Norlis fut au comble
du bonheur ; il n'osait se flatter
d'une réussite aussi prompte. Le
duc de Bellozane surpris, entouré,
entraîné, eut à peine le tems de
réfléchir à l'étendue de son malheur, et fut forcé, presque malgré
lui, de promettre à son jeune ami
que cet événement ne retarderait
point la fête de l'hymen.

**

Heureux Gustave, tendre Mélica, vous allez donc être unis !
encore quelques heures, et vous
défierez le malheur de pouvoir
vous atteindre.... Encore quelques
heures!... Hélas ! cette faible por-
tion du domaine du tems suffit
quelquefois pour renverser les projets les plus doux, les espérances
les plus chères.... Epoux, parens,
amis, hâtez-vous de saisir le bonheur : c'est un dieu comme l'amour,
et qui comme lui porte des ailes.
Bientôt Gustave et Mélica vont en
faire la triste expérience.

CHAPITRE III.

L'HEURE de la félicité vient de retentir sous les voûtes gothiques du temple du hameau. Le comte de Norlis, brûlant d'amour, enivré de joie, fier de son triomphe, se rend au pavillon où habitent encore Mélica et son père. Le duc de Bellozane reçoit avec transport l'ami généreux qui lui a promis de rendre à Mélica le bonheur et la gloire. La pompe champêtre commence à défiler ; l'essaim joyeux

des enfans de la vallée unit ses
chants au tambourin des monta-
gnards ; la ballade de l'hymen
s'unit dans leur bouche aux can-
tiques de la reconnaissance, et cette
heureuse multitude, célèbre à la
fois le pouvoir de la beauté, les
charmes de la vertu et les douceurs
de la bienfaisance.

Tout à coup un étranger apparaît au milieu de cette fête; il monte
un superbe coursier ; sa lance est
en arrêt; son armure porte des couleurs que le duc de Bellozane ne
peut méconnaître ; il jette un cri
de surprise, Mélica un de douleur:
tous les deux ont reconnu Léodgard, comte de Mandoff.

A cette vue si redoutable pour
elle, l'infortunée amante de Gustave tombe sans connaissance.

Léodgard et le duc de Bellozane, la croyant tous les deux privée de vie, se rapprochent pour lui donner leurs soins. M. de Norlis, qui a vu l'évènement sans en deviner la cause, vole aussi à Mélica; il repousse ceux qui l'entourent, et sans même s'apercevoir de la présence d'un étranger ni chercher à pénétrer comment il se trouve si près de Mélica, il prodigue à mademoiselle de Bellozane les noms les plus tendres et les soins les plus doux.

Léodgard, le jaloux Léodgard, est témoin de ce délire d'amour et de douleur; il lui révèle le sort qui l'attend; mais incapable de renoncer à ses droits pour rendre son amante au bonheur, il conçoit sur-le-champ le projet comme l'espérance de séparer sans retour les deux cœurs sensibles que l'amour a unis.

Seigneur, dit le comte de Mandoff en se tournant vers le duc de Bellozane, je suppose que l'évènement qui vient d'arriver à votre adorable fille n'ayant eu pour cause que la surprise, les suites n'en seront nullement fâcheuses ; mais si l'honneur et la gloire vous sont chers, ordonnez qu'on suspende la fête que mon arrivée a interrompue ; si, après avoir appris les secrets que Léodgard vient confier à votre foi, vous persistez encore à me priver du seul bien qui m'attache à la vie, pour le donner à un étranger dont je ne connais pas les droits, alors, seigneur, il ne me restera plus qu'à chercher la mort loin de vous.

Entre deux rivaux dignes de s'aimer comme de s'estimer, répondit le duc de Bellozane, il me sera difficile de choisir, et cruel de prononcer....

Le sort des armes en décidera, interrompit fièrement le comte de Norlis : ce n'est qu'après m'avoir arraché la vie que Léodgard de Mandoff pourra se flatter d'obtenir mademoiselle de Bellozane.

Son père seul prononcera sur son sort, ajouta Léodgard ; je m'en rapporterai entièrement à sa décision : demain, à cette même heure, je viendrai dans ces mêmes lieux entendre mon arrêt ; je le répète, je m'y soumettrai sans murmure ; il faut seulement qu'avant

de le prononcer le duc de Bellozane m'ait entendu. En achevant
ces derniers mots, Léodgard re-
monta fièrement à cheval, salua
l'assemblée avec grâce, et disparut aux regards des spectateurs
étonnés.

CHAPITRE IV.

Au même moment où le comte de Mandoff quittait des lieux où l'on était bien loin de désirer ni de prévoir son retour, mademoiselle de Bellozane recouvra sa connaissance, et, jetant autour d'elle des regards effrayés, elle s'écria douloureusement, où suis-je ? que m'est-il arrivé ? n'ai-je pas vu Léodgard furieux sortir de la tombe pour m'arracher de l'autel de l'hymen ? parlez, ô mon père ! suis-je l'heureuse

compagne du comte de Norlis, ou
la triste esclave du comte de Mandoff ?

Encore ni l'une ni l'autre, répondit
M. de Bellozane en laissant échapper un soupir ; ma fille, un grand
évènement a retardé ton bonheur :
j'espère qu'il ne changera rien à
ton sort ; mais nous ne pouvons
refuser aux prières de l'homme qui
dut jadis être ton époux, de consentir à l'entendre avant de conti-
nuer l'imposante cérémonie qui doit
t'enchaîner sans retour ; il a, dit-il,
des secrets importans à nous confier : généreux Gustave, pardon-
nez-moi si je vous conjure de différer de trois jours le bonheur de
pouvoir vous nommer mon fils ;
peut-être ces secrets nous inté-
ressent-ils tous.

Vous êtes libre d'ordonner, Seigneur, répondit M. de Norlis en s'inclinant avec respect ; dites-moi seulement si votre fille approuve le retard apporté à notre union ?

Noble Gustave, je ne sus jamais qu'obéir à mon père, reprit Mélica en pleurant.

— Adieu, Madame, adieu Seigneur ; puis-je espérer que demain.....

Oh ! non ; que ce ne soit pas devant vous, s'écria mademoiselle de Bellozane tremblante d'effroi, que l'explication ait lieu : vous m'aimez, Léodgard est impérieux, violent, emporté ; vous êtes brave et fier..., vous me donneriez tous deux le coup de la mort : mon père vous instruira...... Adieu : peut-être,.... ah ! si c'est le dernier, Gustave,

*

soyez courageux et oubliez-moi,
si cela est nécessaire à la conservation de vos jours!

En achevant ces dernières paroles, Mélica, baignée de larmes,
pâle et tremblante, s'éloigna, soutenue par son père, et sans avoir la
force d'ajouter un seul mot.

Elle disparut.

La foule s'éloigna tristement;
les cris d'allégresse, les chants
joyeux avaient cessé : Gustave resta
seul avec ses souvenirs.....; il vit
la route qui devait le conduire au
temple de l'hymen; elle était jon-
chée de fleurs. Ses regards désolés
se portèrent sur ce riant berceau
nuancé, comme l'écharpe d'Iris,
de mille couleurs, et au milieu des
filles du printems, le comte de
Norlis aperçut l'emblême des cœurs

solitaires, la triste scabieuse, en-
lacée à l'arbre des tombeaux : il
soupira. Tout à coup les cloches
du hameau, qui avaient cessé depuis
un instant de donner le signal de
la prière consacrée à la joie, re-
commencèrent à sonner lentement:
la fête de l'hymen avait été interrompue, celle de la mort, que rien
ne peut suspendre ni arrêter, com-
mençait.

Le comte de Norlis frémit; il
connaissait la jeune fille dont la
pompe nuptiale s'était changée en
deuil : elle avait péri d'amour, car
le bonheur était venu trop tard.
Quels présages ! s'écria Gustave :
douce Mélica, serais-tu condamnée,
comme l'infortunée qui va disparaître pour jamais, à demander en
vain à ton heure dernière quelques

instans encore de vie, et à ne recevoir pour réponse qu'un arrêt
de mort !

Frappé de cette sinistre idée,
M. de Norlis retourna lentement
au château de Vernoix.

Quelle différence, grand dieu,
de la situation où était alors son
ame, avec les pensées qui l'occu-
paient au moment du départ! Deux
heures s'étaient à peine écoulées
depuis, et quel changement affreux
ces deux heures avaient apporté
dans son sort ! Naguère encore
des torrens d'espérance, d'amour,
de félicité, de vie, inondaient son
ame; le tems avait fait un pas :
espérance, félicité, hors l'amour,
tout fuit Gustave.

Ames tendres, ames sensibles,
peignez-vous la situation de l'infor-

tuné, en repassant seul sous ces
portiques de fleurs élevés pour Mélica, et avec quel œil de désespoir il contemplait ces nœuds
d'amour, ces chiffres entrelacés,
ces devises ingénieuses, qui re-
traçaient toute la force d'un sentiment qui devait peut-être ne jamais donner le bonheur à celui
qui savait aussi bien le sentir que
l'exprimer!

Rentré dans le château, qui res-
semblait alors à un désert, le comte
de Norlis se renferma dans son appartement, et ordonna au triste
Julien de ne laisser parvenir jusqu'à lui d'autre message que ceux
qui lui viendraient de la part du
duc de Bellozane.

CHAPITRE V.

LE lendemain du jour qui avait
vu se terminer d'une manière aussi
cruelle que brusque la destinée
de Gustave, on lui apporta le soir
une lettre qui arrivait du pavillon
de la forêt. Le comte de Norlis la
reçut d'un air calme; son œil était
sec, son maintien tranquille; il
avait perdu Mélica sans mourir
subitement de douleur; il devait,
il pouvait défier le sort.....

Resté seul, Gustave ouvrit sans

empressement comme sans incertitude la lettre du duc de Bellozane : le cœur de l'amant de Mélica lui avait tout appris.... Voici ce que contenait la dépêche que notre héros avait sous les yeux :

Le duc de BELLOZANE *au comte de* NORLIS.

J'ai entendu Léodgard : le sort de Mélica est décidé ; nous partons au lever de l'aurore : patrie, honneur, gloire et fortune, le comte de Mandoff me rend tout... ; que ne puis-je, hélas ! ajouter qu'il me rend aussi le bonheur... ; mais je vous laisse seul en proie aux regrets d'un amour sans espoir, et je soupire.... Adieu, noble Gustave ; plaignez Mélica, ne haïssez pas son père, respectez les jours d'un rival trop fortuné; avant que vos coups ne puissent l'atteindre, son sort sera lié à celui de ma fille. Que cette pensée enchaîne votre fureur : voilà le dernier vœu du

DUC DE BELLOZANE.

Rendre l'effet que cette lettre produisit sur le cœur de M. de Norlis, ce serait impossible : il connaissait son sort, il l'avait pressenti, et cependant il en fut altéré.

Mélica perdue pour lui, Mélica au pouvoir d'un rival, Mélica devenue la compagne de Léodgard, et cela au moment même où elle était prête à devenir la sienne !... Gustave n'avait pas de force contre un tel malheur, il devait y succomber, il y succomba : une fièvre ardente, un délire continuel et une longue maladie causée par le chagrin, tels furent les tristes suites de l'orage qui bouleversait l'ame du comte de Norlis. Long-tems on désespéra de ses jours ; un homme heureux et chéri aurait succombé : Gustave était seul dans la nature, et il revint à la vie......; mais son cœur était mort ; les sources du bonheur étaient desséchées pour lui, le prisme brillant des illusions était effacé, il ne sentait que pour souffrir, ne vivait que pour appeler la fin d'une existence que le souvenir de l'amour empoisonnait.....

Lorsque le danger qui menaçait les jours du comte de Norlis eut tout à fait cessé, le bon Julien remit à son maître un paquet de papiers qu'un courrier d'Italie avait apporté de la part du duc de Mandoff. Quoique bien sûr de n'y trouver que la confirmation de son malheur, Gustave ouvrit avec empressement la lettre du père de Mélica; elle était ainsi conçue:

LE duc de BELLOZANE au comte de NORLIS.

Ils sont unis...... D'après ce mot cruel pour vous, sans doute vous devez croire que je n'ai plus rien à vous dire; cependant j'éprouve le besoin de justifier à vos yeux la conduite que j'ai tenue; pour y parvenir, lisez avec attention la lettre de Léodgard adressée à Mélica, que je joins ici; si, après l'avoir lue, vous

étiez tenté de m'accuser d'avoir im-
molé votre bonheur ainsi que celui
de ma fille à l'ambition, Gustave,
songez que j'avais perdu gloire,
patrie, estime de mon souverain, et
l'espérance de trouver un dernier
asyle dans le tombeau de mes pères :
Léodgard me rendait tous ces biens
si chers au cœur de l'homme, et
pourtant j'ai balancé…. Dites-moi,
Gustave, la nature et l'amitié ont-
elles le droit toutes les deux d'en
exiger davantage ?

LÉODGARD, comte de MANDOFF,
à MELICA (*)

WASKY vient de tout me révé-
ler. Mon cœur ne m'a point trompé,

_____

(*) Pour ne point fatiguer nos lecteurs
par des détails inutiles, nous ne mettrons

le père de Mélica est innocent, le
duc de Mandoff a seul commis le
crime, à ce qu'il paraît.

Mais l'a-t-il consommé, ou Olympia vit-elle encore? Voilà, Madame,
ce que je me disais, en apprenant
l'heureux évènement qui a sous-
trait le duc de Bellozane à la
mort.

J'ai résolu de tout employer pour
percer ce mystère ténébreux de
haine et de vengeance. Si Olympia
vit encore, je découvrirai la retraite
qui nous dérobe le secret de son
existence ; si elle n'est plus......
Puissance du ciel, auriez-vous
laissé commettre le crime !...

---

sous leurs yeux que l'abrégé de la lettre
de Léodgard, et nous n'en retracerons que
les faits les plus importans.

Avant même de connaître l'innocence du duc de Bellozane, je vous ai offert, Madame, de ne pas différer notre union. Pauvre, obscure, persécutée, vous n'en êtes pas moins chère au cœur de Léodgard; mais vous refusez de connaître les douceurs de l'hymen aussi long-tems que votre père sera malheureux, et vous promettez le don de votre main à celui qui aura le bonheur de rendre à sa vertu l'éclat dont elle brillait jadis : un heureux pressentiment le révèle à mon cœur. Oui, Madame, c'est à moi seul que cette gloire est réservée; elle va devenir le but de toutes mes démarches, l'objet de tous mes soins, l'ame de tous mes projets. Je prouverai à vous, Madame, et à la nature entière, qu'il n'est pas d'obstacle qui puisse effrayer un véritable amant.

Après trois ans de peines et de recherches je crois saisir un fil

Le duc de Mandoff, depuis quelques tems, fait de fréquens voyages au château d'Arnoldy.

Le concierge vient de mourir, et avant de choisir son successeur, mon oncle prend beaucoup de précautions. Il y a là du mystère.

Le duc de Mandoff s'est réconcilié avec le duc d'Orimo ; il exige que je lui pardonne et veut m'unir à sa fille. Quand mon cœur serait libre, jamais je ne deviendrai le frère d'Octavio ni le fils du duc. Je brûle de me baigner dans le sang

de l'un et de l'autre ; mais sur-tout
de cet odieux.... Octavio... Moi,
pardonner !... Tout le crédit du roi
n'obtiendrait pas un tel effort de
Léodgard.

———

Bartholo vient d'être nommé
concierge du château d'Arnoldy.

Quel bonheur ! C'est un scélérat, je le sais bien ; mais je lui ai
sauvé la vie à une époque dont je
lui rappellerai le souvenir. Crainte,
ambition et promesses me servi-
ront sûrement mieux que la reconnaissance ; n'importe, je verrai
Bartholo.

———

Je suis sûr de tout, mais Bartholo veut que j'irrite mon oncle,

**

et que je le force à m'enfermer au château d'Arnoldy. Cela ne me sera pas difficile : il tient à son projet de m'unir avec la fille du duc d'Orimo....

Le duc de Mandoff est absolu ; il se croit des droits sur moi : en irritant sa fureur, je servirai mon amour.

———

Mélica, quel bonheur ! Olympia vit !... Je l'ai vue...

Le duc de Mandoff, comme je l'espérais, m'a privé de ma liberté. Comme il n'avait pas le projet que cela fût long, il a ordonné qu'on m'enfermât dans la tour opposée à celle qui servait de prison à Olympia.

Il y avait trois jours que j'y

étais, et pendant ce tems, Bartholo et moi nous n'avions pas encore trouvé un seul moyen praticable et sûr pour arracher Olympia aux horreurs de son sort. Enfin, nous avions concerté le plan d'une fuite, lorsqu'un jour et à l'heure même du départ, le comte de Norlis, neveu et envoyé du duc de Mandoff, parut aux portes du château d'Arnoldy pour me rendre ma liberté.

Cet évènement, auquel nous étions loin de nous attendre, aurait déconcerté les plans d'un homme moins habile que Bartholo.

Le scélérat eut bientôt changé de batteries : il reçut le comte de Norlis d'un air tranquille, et, par une ruse adroite, l'entraîna dans les souterrains, où il eut l'art

de le renfermer; ensuite il y conduisit, par une porte opposée, la
triste Olympia, qui, pour charmer
sa mélancolie, se plaisait souvent
à parcourir seule ces longues voûtes,
qu'elle faisait retentir du nom de
son amant.

Olympia, accoutumée à ces
promenades silencieuses, ne fit
aucune difficulté de rester seule.
Bartholo comptait sur une rencontre avec M. de Norlis. Il les
laissa tous deux livrés aux soins du
hasard, et vint me délivrer.

Bartholo ne m'instruisit d'aucun
de ses plans, et me fit conduire,
par des routes détournées à Naples,
chez sa mère, où je restai caché
pendant les trois jours que le comte
de Norlis, qui y avait conduit
Olympia, resta à Naples. Une fois

tranquille sur mon sort, Bartholo fit jouer une autre mine, qui dut persuader au comte de Norlis que je n'existais plus, et que j'avais péri victime de la fureur du duc de Mandoff. Le comte de Norlis n'en douta point ; mais tournant son intérêt sur Olympia, il profita des conseils anonymes et du secours inconnu de Bartholo, pour fuir avec sa jeune compagne.

Obéissant toujours au pouvoir inconnu qui le dirigeait, il conduisit Olympia chez Dosithée, sa nourrice.

Ce fut alors que Bartholo me dévoila son plan : il tendait à éloigner le comte de Norlis, à me ressaisir d'Olympia, et à ne la faire reparaitre, pour attester l'innocence du duc de Bellozane, qu'au moment où ce dernier aura consenti à me donner l'heureux droit de le nommer mon père.

Mélica, un autre vous aime, un autre vous offre loin de nous un rang et une patrie, et un étranger serait cher au cœur d'une femme née sous le beau ciel de Naples... Mélica, je vous perdrais!.. A cette image affreuse j'ai consenti à tout. Olympia est en mon pouvoir, sa raison, qui n'a éprouvé qu'une éclipse passagère, est entière; elle connaît l'innocence de votre père et consent à lui rendre un éclatant témoignage. Enfin, le duc de Bellozane n'aura plus désormais d'ennemi que lui-même. S'il refusait de nous unir, s'il donnait la préférence sur moi au comte de Norlis, Mélica, j'en jure par vos attraits,

par l'amour qu'ils m'ont inspiré,
par le souvenir des heureux jours
de notre enfance, jamais le duc de
Bellozane ne reverra son heureuse
patrie, et jamais le roi ne connaîtra
son innocence.

Je pars, je vole aux lieux que
vous habitez : c'est en vain que
vous voudriez me fuir ; il faudra
m'entendre, que votre père s'ex-
plique, que je vous obtienne, ou
que je meure, en emportant dans
la tombe le secret de l'innocence
du duc de Ballozane avec celui de
la retraite d'Olympia.

Je suis si décidé à mourir si je
vous perds, que je vous rends par
avance l'arbitre de notre sort à
tous deux, en vous envoyant avant
mon arrivée ces détails, qui vous
apprendront que j'existe encore,

et que je quitte ma terre natale pour réclamer les droits que votre père m'a donnés au bonheur ; mais n'espérez pas trouver dans cet aveu de mes projets les moyens de vous y soustraire : vous essaieriez en vain de me perdre auprès du roi ; je conjurerai l'orage en remettant Olympia au pouvoir de son cruel père, en consentant à m'unir sans délai à la fille du duc d'Orimo, et en découvrant l'asyle du duc de Bellozane.

Vous connaissez le crédit des deux ministres, les projets de mon oncle, le sort réservé à votre père ; Mélica, prononcez ensuite si vous l'osez le malheur de

LÉODGARD DE MANDOFF.

CHAPITRE VI.

Nos lecteurs ont vu, comme le comte de Norlis, par la lecture de cette lettre, la raison qui avait déterminé mademoiselle de Bellozane à presser son union avec Gustave. La réception de cet écrit fatal avait appris à Mélica tout ce qu'elle aurait à souffrir avec un époux du caractère du comte de Mandoff. Elle sentait le danger de l'irriter par un refus, et se flattait qu'arrivant après la cérémonie, son orgueil étant ménagé, il consentirait à écouter la générosité, qui lui inspirerait de ne pas exiger, pour le service qu'il rendrait au duc de Bellozane, un prix que sa fille ne pouvait plus payer.

Entraînée par cette flatteuse espérance, mademoiselle de Bellozane se hâta, mais en vain, pour fuir le sort qui l'attendait.

Nos lecteurs ont vu comment le jour du bonheur s'était changé pour elle en jour lugubre. Le lendemain, l'apparition de Léodgard au pavillon ne fut pas moins triste, quoique moins imprévue. Il rappela exactement la même proposition contenue dans la fin de sa lettre.

Le duc de Bellozane le conjura en vain de ne pas s'opposer à un hymen cher à sa fille, et de ne pas lui donner à lui-même le coup de la mort, en le plaçant dans l'alternative d'être malheureux ou d'en faire ; Léodgard répondit froidement aux prières du père et aux larmes de la fille par ces mots : Je serai l'époux de Mélica, ou le duc de Bellozane renoncera sans retour à la gloire, à sa patrie, à l'estime de son roi.

Fatiguée enfin de cette lutte inutile, et voyant bien que son père était décidé dans son cœur, Mélica résolut d'accorder volontairement ce que l'autorité allait bientôt exiger d'elle, et se levant fièrement, comte de Mandoff, dit-elle, en jetant sur lui un regard dédaigneux, puisque le don de ma main sans la possession de mon cœur suffit à vos vœux, rendez à mon père le droit d'avoir une patrie, et aussitôt après son retour à Naples, j'enchaînerai mon sort au vôtre.

Madame, répondit Léodgard, en tirant un papier de son sein, mon cœur avait deviné le vôtre, et pressentant bien le choix que vous feriez, avant de quitter ma patrie j'ai sollicité de la justice du roi un sauf-conduit pour le duc de Bellozane, afin qu'il pût rentrer sans danger dans les lieux où règne le saint-office. Voici l'ordre du roi et le sceau du grand-inquisiteur : nous pourrons partir quand vous le voudrez.

Mélica ne répondit pas un mot, ne versa pas une larme, ne poussa pas un soupir : son parti était pris; elle se résignait à souffrir le reste d'une vie qu'elle se flattait ne devoir pas être longue.

Le lendemain au point du jour, le duc de Bellozane, Mélica et le comte de Mandoff prirent la route de l'Italie. Le voyage se fit promptement. Ils arrivèrent à Naples au moment où l'on célébrait les fêtes du mariage du roi avec la jeune infante d'Espagne.

Long-tems ce prince, occupé du souvenir d'Olympia, s'était refusé aux vœux de ses sujets ainsi qu'aux conseils de la politique ; enfin il s'était décidé, non sans répugnance, à un hymen que l'intérêt de l'état commandait impérieusement.

Les grâces, la beauté, la douceur de la reine avaient eu bientôt réconcilié le monarque avec son sort, et au moment où nos voyageurs arrivèrent à Naples, ils trouvèrent le souverain de cet heureux état aussi satisfait de son sort que son peuple l'était du choix de sa souveraine.

Après avoir donné quelques heures au repos, le duc de Bellozane fut en état de suivre Léodgard au château d'Arnoldy, où demeurait secrètement la jeune Olympia. Elle avait promis au comte de Mandoff de ne faire aucune démarche auprès du roi avant le retour du duc de Bellozane, et mademoiselle de Mandoff, renfermée dans sa solitude, attendait avec trouble le moment décisif qui devait, pour la première et dernière fois, l'offrir aux regards d'un monarque puissant qui, malgré tout son pouvoir, n'avait plus celui de rendre au bonheur celle qu'il avait tant aimée.

En arrivant au château d'Arnoldy, nos voyageurs trouvèrent Olympia revêtue des habits consacrés au deuil : elle venait d'apprendre que le duc de Mandoff, qui n'avait pas quitté depuis quelque tems la cour de Naples, était mort en Danemarck, où il avait été envoyé par le roi, chargé d'une mission secrète.

Cette circonstance ajoutait à la pénible situation d'Olympia, qui se flattait encore de retrouver le cœur d'un père.

Le comte de Mandoff, impatient de voir son sort fixé à celui de Mélica d'une manière irrévocable, ne laissa point à mademoiselle de

Mandoff le tems de se livrer à ses regrets, et il pressa l'instant décisif qui devait, en la rendant au monde, faire connaître l'innocence du duc de Bellozane.

Olympia baignée de larmes, enveloppée d'un manteau de deuil, dans l'attitude de la plus profonde tristesse, suivit à Naples les deux personnes qu'elle allait rendre au bonheur, sans en être plus heureuse elle-même...

Introduit à la cour, le comte de Mandoff fit demander au roi la faveur d'une audience particulière : elle lui fut accordée. Le monarque parut. Les deux infortunés que son amour avait rendus si à plaindre se jetèrent à ses pieds. Olympia, baignée de larmes, ne put articuler une seule parole; mais que son silence dans une telle situation était éloquent !....... Léodgard lui avait enlevé son voile ; Olympia, toujours belle, toujours séduisante, était aux genoux de son maître : elle n'était point changée, son cœur non plus : leur situation seule l'était.....

Le roi, en la reconnaissant, oublia pour une minute son rang, ses liens, et les devoirs qu'ils lui imposaient ; il releva Olympia, la serra avec transport contre ce cœur qui n'avait battu que pour elle, et, pendant cette seule minute, Olympia retrouva son amant. Le prestige ne fut pas long, et le rêve d'amour ne tarda point à se dissiper. Le roi était vertueux ; il n'avait consenti à épouser l'infante d'Espagne que parce qu'il s'était senti la force de remplir les devoirs qu'il s'imposait....... Le souvenir de ces mêmes devoirs l'arracha des bras d'Olympia, et, tombant dans un fauteuil, le roi s'écria : Cruel Léodgard ! pourquoi ne m'avoir pas éclairé plus tôt ; naguère encore j'étais libre, et je plaçais sur le trône l'objet de mon constant amour.....

Sire, reprit Olympia d'une voix respectueuse, mais ferme, la sévère leçon du malheur, en flétrissant ma jeunesse, a détruit aussi mes illusions. Eclairée enfin sur mes devoirs, si ma détention n'eût causé que mon malheur, j'aurais béni des chaînes qui préservaient mon roi d'une faute, et sa sujette d'un crime ; car c'en aurait été un d'arrêter, Sire, le cours de vos glorieuses destinées : elles sont accomplies ; roi triomphant, époux d'une princesse digne de donner des maîtres à l'empire, bientôt père heureux, et toujours monarque adoré, que doit-il manquer, Sire, à votre félicité ? Une seule chose, la certitude d'avoir réparé toutes les injustices....

Olympia n'acheva point ; mais un regard éloquent jeté sur le duc de Bellozane dévoila sa pensée au roi.

Je vous entends, reprit le monarque : les malheurs, l'exil et la proscription de l'homme vertueux qui forma mes jeunes années, accusent mon règne..... Qu'il me pardonne, et qu'il oublie tout....

Non, Sire, reprit le duc de Bellozane avec feu, et en se jetant de nouveau aux pieds du roi, je me rappellerai éternellement que, jeune, passionné, amoureux, devant me croire coupable de la perte d'un objet adoré, vous avez cependant daigné sauver mes jours....

Le duc de Mandoff n'est plus, répondit le roi ; je désire que le souvenir des fautes que la haine et la vengeance lui firent commettre soit enseveli avec lui dans la tombe ; il n'eut qu'un tort, mais il fut grand : c'était de rejeter sur son ennemi une action que le feu roi fit commettre à son ministre pour m'empêcher de goûter le bonheur d'une manière mystérieuse. Pour réparer autant que possible les maux que le duc de Bellozane a soufferts, je lui donne la place de ministre près de moi, que remplissait le duc de Mandoff avant

que je lui eusse confié une mission
secrète en Danemarck ; en faveur
du mariage de Léodgard comte de
Mandoff avec la belle Mélica, je
lui donne le titre et les pensions
que possédait son oncle ; je désire
que cette union, suspendue trop
long-tems, se fasse de la manière
la plus prompte comme la plus brillante, et j'espère qu'après en avoir
conféré avec la reine, dont je suis sûr
du consentement, la signora Olympia, à laquelle je donne le titre de
duchesse d'Arnoldy, consentira à
rester près de la reine, et à em-
bellir sa cour.

Sire, reprit en rougissant mademoiselle de Mandoff, voici la
première et dernière fois que la
triste Olympia reparaît en présence de son maître. S'il n'avait

pas été nécessaire, pour l'entière
justification du duc de Bellozane,
de vous instruire de mon sort, jamais vous n'auriez su que j'appar-
tenais encore à cette région de douleurs qu'on appèle la vie; mais
j'avais l'espérance d'être utile à
un malheureux, et je n'ai pas balancé à me montrer à vos regards...
Mon ministère de réconciliation est
fini; je ne laisserai derrière moi
que des heureux...... Permettez,
Sire, que, renfermée désormais
dans la retraite, je ne révèle plus
le secret de mon existence qu'à
des infortunés encore plus à plaindre que moi.

Il y avait tant de charme dans
le regard d'Olympia, et tant de
mélancolie dans le son de sa voix,

que la persuasion même habitait sur ses lèvres.

Le roi fut attendri de voir tant de vertu, de jeunesse, de beauté, ensevelies dans la solitude ; il soupira, et cependant fut charmé d'une résolution qui lui promettait un souvenir constant.

Olympia, satisfaite d'avoir obtenu un regret de son royal amant, et une approbation de son maître, se retira le cœur rempli de souvenirs, et courut se renfermer dans le château d'Arnoldy, où elle voulait choisir son tombeau. Le duc de Bellozane, tout entier à l'ambition, ne s'occupa plus que du soin de se mettre en possession des biens, des honneurs et des titres dont l'exil l'avait dépouillé. Le comte de Mandoff, au comble

de ses vœux d'être délivré d'un
tyran, car son oncle n'avait jamais
été autre chose pour lui, ne s'occupa plus que des préparatifs de
son hymen avec l'héritière du duc
de Bellozane.

CHAPITRE VII.

Oh ! combien ils furent tristes
pour la malheureuse Mélica ces
préparatifs d'un hymen odieux,
et quelle différence de ceux dont
elle avait été le témoin et l'objet
dans la patrie de Gustave ! Combien cette riante villa, témoin des
jeux de son enfance, lui paraissait
changée ! A chaque pas, Mélica
y trouvait un souvenir d'amitié,
mais pas une seule, une seule trace
du sentiment malheureux qu'elle
éprouvait; et c'était de Gustave

**

que Mélica avait seule le pouvoir
de s'occuper.

Cependant, rougissant bientôt de
sa faiblesse, mademoiselle de Bellozane, en songeant qu'elle était
promise à Léodgard, et enchaînée
à lui par le sentiment de sa propre
générosité, se releva de cet état
d'abattement, et résolut de travail-
ler à vaincre une passion qui n'était
encore que malheureuse, et qui
bientôt allait devenir criminelle.
Le sentiment de la piété filiale et
celui de l'amitié se réunirent dans
le cœur de Mélica pour faire di-
version à des souvenirs trop chers.
Mademoiselle de Bellozane aimait
tendrement Olympia ; elle l'avait
pleurée long-tems. La nouvelle de
son existence avait embelli le bonheur que goûtait alors Mélica ; elle

songea au jour de la douleur que
la présence de son amie pourrait
adoucir ses peines, et l'amante de
Gustave vola au château d'Arnoldy.
L'entrevue de ces deux victimes de
l'amour fut triste et touchante.
Quoique bien jeunes, elles avaient
déjà beaucoup souffert, et avaient
beaucoup de choses à se raconter.

Le tems s'écoula rapidement
pour elles dans un mutuel entre-
tien. Quand vint l'heure de se séparer, elles se dirent encore *à demain,* comme elles se le disaient
dans les premiers beaux jours de
leur vie, et, malgré les efforts de
son courage, Mélica songea qu'il
n'y avait plus d'heure ni de moment fixés pour voir Gustave, et
elle soupira. Un soupir échappé

du cœur d'Olympia vint apprendre
à son amie que sa situation étant
la même, tout devait leur rappeler les mêmes souvenirs.

Le lendemain la triste Mélica
vint revoir son amie; Olympia ne
lui parla point de Gustave, mademoiselle de Bellozane ne pro-
nonça point le nom du roi, et pourtant les deux amies furent bien
convaincues l'une et l'autre que le
souvenir d'un objet chéri les avait
occupées en même tems. Mélica
en eut la preuve en voyant au
pied de la statue de l'amitié son
chiffre et celui d'Olympia entourés
d'une guirlande de fleurs de veuves.
Ah ! mon amie, dit-elle, cet emblême nous convient - il, à nous
qui n'avons pas connu les douceurs
de l'hyménée ?....

Ce sont nos ames qui sont veuves,
répondit Olympia d'un ton solennel. Mademoiselle de Bellozane détourna les yeux, et joignit le lendemain à la fleur chérie d'Olympia
quelques pensées sauvages, des
immortelles blanches et des soucis.

CHAPITRE VIII.

Nos lecteurs ne trouveront sûrement pas mauvais qu'après les
avoir instruits du sort de la belle
Olympia, et après les avoir priés
de suppléer, avec leurs vives ima-
ginations, au silence que nous gar-
derons sur les fêtes qui eurent lieu
à la villa Manfrédy, pour le mariage
de l'héritière de ce beau séjour
avec le duc Léodgard de Mandoft,
nous nous transportions d'un vol
magique auprès du comte de Norlis,

que nous avons laissé bien malheureux.

Gustave , sans projets comme
sans désirs , ne savait plus que
faire de la vie. Sûr de souffrir par-
tout, et éprouvant par-tout le besoin de changer de situation , le
comte de Norlis forma vingt projets, détruisit mille plans, recréa
autant de chimères , et s'arrêta au
désir de quitter la France , sans
pouvoir se déterminer sur le choix
des lieux où il porterait sa triste
existence.

Telle était la situation de l'infortuné amant de Mélica. S'il n'eût
consulté que son cœur, le comte
de Norlis eût volé en Italie ; mais
il connaissait la vertu sévère de la
duchesse de Mandoff, le caractère
violent de son époux, la malignité

d'un monde peu accoutumé à croire à la réserve des italiennes. Gustave adorait Mélica ; mais sa gloire était le bien le plus cher au cœur du comte de Norlis, et cette gloire ne souffrirait-elle pas des efforts qu'il tenterait pour avoir la triste consolation de vivre dans les mêmes lieux que celle qu'il adorait ?....

Entraîné par l'amour, retenu par l'honneur, M. de Norlis ne savait quel parti prendre , lorsqu'enfin une lettre de l'agent d'affaires de mademoiselle de Mandoff, adressée à son intendant, vint lui rappeler le souvenir des affaires d'intérêt qu'il avait à discuter du chef de sa mère, avec la succession du feu duc Arnoldy.

Son père et lui-même ne s'étaient

jamaisoccupés du soin de réclamer
les biens que la comtesse de Norlis
avait à prétendre en Italie. Le duc
de Mandoff, aussi avare qu'ambitieux, s'était bien donné de garde
de leur en rappeler la mémoire.
Olympia , aussi noble que généreuse, n'avait pas été plutôt avertie
que les droits de sa tante étaient
confondus avec la fortune dont elle
venait d'hériter, qu'elle s'empressa
de faire écrire en son nom au comte
de Norlis, pour l'engager à se
rendre en Italie, pour recueillir
des biens dont il n'avait été que
trop long-tems privé.

Le noble Gustave fut sensible à
ce trait de désintéressement, et il
y aurait répondu par un abandon
total de tous ses droits, s'il n'avait
pas éprouvé en secret un bonheur

extrême d'avoir trouvé un prétexte plausible pour aller à Naples. En conséquence, feignant de mettre une grande importance à terminer une affaire à laquelle il n'attachait réellement aucun prix, le comte de Norlis annonça que des discussions d'intérêt exigeant sa présence à Naples, il allait s'y rendre.

En effet, il partit peu de jours après avoir reçu la lettre d'Olympia. Pour être libre de mieux observer la nature, M. de Norlis voyageait à cheval. En entrant dans cette campagne de Naples, si célèbre dans l'histoire et si remplie de souvenirs, le cœur de notre héros battit avec violence. Terre sacrée, féconde en héros, en amour, en gloire et en malheurs, combien il faudrait être insensible pour vous fouler avec indifférence!...

Oh! qui me donnera de pouvoir raconter les sensations diverses qui se pressèrent autour du cœur de Gustave, en voyant le cap Mi-sène, et en gravissant comme un pélerin de la douleur cette coline d'où l'on découvre la terre où périt Cicéron, le tombeau où repose Virgile, les roseaux qui servirent d'asyle à Marius, le Vésuve, qui dévora Pline, et la retraite obscure où le chantre d'Armide fit ses efforts pour oublier au sein de la nature la gloire et le malheur?...

Dans ces lieux, célébrés par les poëtes, immortalisés par les héros, fécondés par la poussière du génie, et où chaque pas que le voyageur fait lui rappéle un souvenir en lui montrant un tombeau, M. de Norlis éprouva une sensation bienfaisante ; il rougit de n'avoir encore vécu que pour l'amour et la douleur, sans avoir rien fait pour la patrie, et il forma le généreux dessein de consacrer désormais son existence à cette vie des belles ames qu'on appèle la gloire...... Telles sont les pensées que doit faire naître l'aspect de la ville où naquit le Tasse et où mourut Virgile.

CHAPITRE IX.

En arrivant au château d'Arnoldy,
Gustave trouva sa jeune héritière
plus belle, plus séduisante que
jamais. Ses longs habits de deuil,
sympathisant avec la plus profonde
mélancolie répandue sur sa céleste
figure, forçaient les cœurs même
les plus froids d'ajouter le culte de la
pitié à tous les sentimens que mademoiselle de Mandoff inspirait.

En la voyant, le comte de Norlis
fut ému ; elle était libre ; peut-être

Olympia conservait-elle de l'habi-
tude d'aimer le pouvoir et le désir
d'aimer encore. D'ailleurs , tous
deux brisés par l'orage des passions, pourquoi ne se reposeraient-
ils pas ensemble sous l'ombrage
paisible de l'arbre de l'amitié?

Gustave, tout entier au souvenir
de Mélica , pouvait soigner sans
amour le bonheur d'Olympia. Iso-
lés tous les deux, privés de parens
et d'amis, la nature en les formant
du même sang, la destinée en leur
traçant la même route , l'intérêt en
les réunissant au même lieu où ils
avaient souffert ensemble, tout ne
leur disait-il pas qu'ils devaient
ne plus être étrangers l'un à
l'autre?

Mademoiselle de Mandoff reçut
le comte de Norlis comme un libé-

rateur et un frère. Elle parut enchantée de le revoir ; mais fidèle
aux plans qu'elle avait embrassés,
elle lui annonça, dès le même jour,
que son intention était de quitter
le château d'Arnoldy pour se reti-
rer dans un couvent de Naples, où
elle avait le projet de finir ses
jours.

Cette nouvelle fut un coup de
foudre pour Gustave ; elle détrui-
sait sans retour les chimères d'une
vive imagination. Il fit, mais en vain,
tous ses efforts pour ébranler la résolution d'Olympia : cette dernière
fut inébranlable. Je n'ai pas perdu
l'honneur, lui dit-elle, mais j'ai perdu
cette fleur délicate et fragile qu'on
nomme réputation. Aveuglée par
un sentiment impérieux, j'ai fui le
toit paternel avec un homme qui

n'etait pas mon époux; je suis restée
fidèle aux lois de la pudeur; mais
j'ai violé celles de la bienséance,
prescrites à mon sexe; enfin, j'ai su
résister à la séduction; mais j'ai
trop écouté l'amour, et je dois m'en
punir. Quelle est aujourd'hui la mère
qui voudrait m'avoir pour fille ou
me donner pour compagne à la
sienne? Quel est l'homme délicat
et austère qui ne balancerait pas,
avant d'unir son sort sans tache à
une existence qui peut être soup-
çonnée? Les anges seuls savent
que je suis restée pure; les hommes
peuvent en douter : je dois donc
fuir leurs regards. O mon parent!
mon unique ami! ô mon libérateur!
continua Olympia, en élevant vers
le ciel un regard angélique, je vous
le dis au moment de vous quitter,

ce n'est pas un amour désespéré,
malheureux, qui me précipite dans
le désert du cloître : si je fusse restée sans reproche, j'aurais encore
pu croire au bonheur. Il n'en existe
plus pour la vierge dont le front est
forcé de rougir....

Le comte de Norlis, attendri,
tomba aux genoux de sa belle cousine; il lui offrit, si elle désirait rester dans le monde, d'unir son sort
au sien.

Vous connaissez l'état de mon
cœur, lui dit-il; mort à l'amour, à
l'espérance, au bonheur, je crus
avoir tout perdu en perdant Mélica; j'oubliais que je pouvais encore avoir une amie, puisque j'avais
une parente. Olympia, unissons nos
douleurs; en pleurant ensemble
nos larmes auront moins d'amer-

tume, et si vous n'êtes pas offensée du souvenir que je conserverai à l'amie de votre enfance, je jure, ma noble cousine....

Arrêtez, dit Olympia, je ne reçois point vos sermens; vous aimez, vous êtes aimé. Le lien cruel qui enchaîne la comtesse de Mandoff peut se briser. Quelle douleur alors si vous n'étiez plus libre? Je connais votre cœur, Gustave, il doit être et il sera constant. Je n'obtiendrais jamais que votre pitié: mon généreux ami, ce sentiment ne donne ni ne procure le bonheur. Un autre vous attend dans l'avenir, restez libre afin de pouvoir le saisir, et ne mettez pas d'obstacle à la destinée que je veux suivre; c'est la seule qui me convienne....

Dites-moi, ajouta Mlle de Mandoff,
en s'efforçant de sourire à travers
ses larmes, ce château, où nous
nous vîmes pour la première fois,
et où je trouvai un libérateur dans
un parent, seriez-vous bien aise d'y
fixer votre séjour? L'acte qui vous
en assure la possession (en échange
des droits de la comtesse de Norlis) est rédigé; votre nom seul y
manque. De toutes les propriétés
de mon père, Arnoldy est celle
que Mélica aime le mieux : long-
tems elle l'embellit de sa présence;
un jour, j'espère, vous y viendrez
ensemble...., et vous me permettrez
tous les deux de recevoir dans son
enceinte un tombeau ; car je ne
consens point à m'exiler pour toujours des lieux habités par mes
amis.

—Cruelle Olympia, quel langage! ne fuyez point un séjour que vous aimez ; ne voyez pas le monde si sa présence vous importune ; mais ne brisez point les liens qui peuvent seuls attacher une ame sensible à la vie.

Il le faut, dit Olympia en s'éloignant ; j'ai désiré votre présence, parce que je la crois nécessaire à la sûreté de la comtesse de Mandoff ; son époux est un tyran qui fera son malheur ; le duc de Bellozane, tout entier à la politique et à l'ambition, ne veille point sur le sort de sa fille. C'est au généreux comte de Norlis que je confie le soin d'une amie qui m'est bien chère : un jour viendra qu'après avoir agi au nom et sous le voile de l'amitié, l'amour vous en ré-

compensera ; alors, du fond de ma
retraite , j'apprendrai l'union de
Gustave et de Mélica, et je me dirai:
Ils méritent le bonheur; non seulement ils sont restés vertueux, mais
sans tache.

———

CHAPITRE X.

MADEMOISELLE de Mandoff, en s'éloignant, avait laissé entre les mains du comte de Norlis le contrat qui lui assurait la possession du château d'Arnoldy. Ce fut en vain que Gustave fit tous ses efforts pour ne point signer l'acte qui dépouillait sa cousine ; le parti d'Olympia était pris et son sacrifice fait...... Le lendemain , en s'éveillant, le jeune comte se trouva seul dans cet immense château, où tout lui était soumis sans qu'il éprouvât de plaisir à y commander. La génération du duc de Mandoff y avait vécu, y avait passé ; il ne restait plus d'elle que des tableaux inanimés, des cendres insensibles, qui attendaient la cendre de la dernière héritière de ce beau séjour.

A ces tristes images de solitude, de mort et d'abandon, le cœur de Gustave fut déchiré : voilà donc où étaient venus aboutir ses projets tumultueux, que les passions lui avaient inspirés. Ces chocs violens de craintes et d'espérances, qui avaient ébranlé tour à tour sa raison, l'avaient conduit à posséder sans plaisir une masse énorme de pierres amoncelées dans un désert sauvage, situé lui-même dans une terre étrangère au cœur de M. de

Norlis. Triste et bizarre destinée,
pensait en lui-même Gustave, qui
me conduit loin de ma patrie et
des tombeaux de mes pères, pour
venir en ces lieux veiller sur le sort
d'une femme que je suis destiné
sans doute à ne jamais posséder,
à laquelle il est défendu de penser
à moi, et qui ne saura sûrement
pas qu'elle est toujours l'arbitre de
mon sort.

En effet, Mélica ne se doutait
guère que Gustave fût en Italie;
à peine même son tyran lui laissait-il la douce faculté de se livrer
à l'empire des souvenirs. Jaloux,
impérieux, despotique, Léodgard
fatiguait sans cesse sa victime par
des plaintes ou par des reproches.
Ne pouvant se dissimuler qu'il
n'était pas aimé, le duc de Man-

doff avait voulu se faire craindre ;
mais fatigué bientôt d'une soumis-
sion sans bornes et d'une douceur
sans vicissitudes, le fougueux Léodgard , pour se soustraire à l'ennui ,
tourmentait sans pitié la pauvre
Mélica.

Bientôt le secret de ses malheurs, quoique soigneusement gar-
dé par la duchesse de Mandoll ,
parvint à la connaissance de la
cour : on détesta le tyran et on
plaignit la victime. Léodgard apprit
combien les femmes le haïssaient
et combien on admirait la conduite
héroïque de Mélica.

Cette pensée humilia l'orgueil
jaloux, de Léodgard , et afin de
pouvoir tyranniser sans témoin
celle qui avait le malheur de dépendre de lui, il lui fit quitter la cour

**

de Naples pour venir ensevelir ses
attraits dans un château désert situé à peu de distance de celui de
Gustave.

Le duc de Mandoff n'ignorait
point que c'était son rival, et un
rival aimé, qui possédait actuellement la forteresse d'Arnoldy; mais
soit respect pour la vertu de sa
femme, ou confiance dans sa
propre surveillance, Léodgard ne
témoigna nulle répugnance à rapprocher sa compagne du comte de
Norlis.

Qu'on juge de ce que ce dernier
dut souffrir en apprenant que, dans
les mêmes lieux, Mélica, esclave
et prisonnière, gémissait sans qu'il
pût la délivrer. En l'absence du
duc, Bartholo, son digne agent,
devenait le gardien du château, et

le sort de Mélica n'en devenait que plus triste....

Mais que faisait son père, nous dirons les ames sensibles ? Comment laissait-il opprimer celle qui s'était immolée si généreusement pour lui rendre la gloire et le bonheur ?

Ce que faisait le duc de Bellozane, mon cher lecteur ! il élevait au plus haut sommet l'édifice de sa fortune, supplantait ses rivaux, cherchait à subjuguer son maître, à donner à ses inférieurs la plus grande idée de son crédit, et ne s'apercevait point du malheur de sa fille ! D'ailleurs, étranger à la douce sensibilité, convaincu que les femmes sont formées par la nature pour dépendre et souffrir, il paraissait bien égal au duc de Bel-

lozane que sa fille obéît à Léodgard de Mandoff ou à un autre,
puisqu'obéir était le devoir imposé
par la nature à tout son sexe.
D'ailleurs, si la tendresse paternelle
ne le rendait pas clairvoyant,
Mélica, de son côté, fière et délicate, après s'être immolée au bonheur de son père, aurait regardé
comme une atteinte portée à ses
devoirs, si elle eût formé la moin-
dre plainte contre son époux.

Renfermant donc ses chagrins
dans son cœur, elle eut le courage
de paraître toujours résignée. Le
duc de Bellozane la vit calme; il
la supposa heureuse, et attribua
la pitié que son sort inspirait à la
haine injuste que la cour ressentait
pour le duc de Mandoff.

Léodgard, de son côté, qui sen-

tait la nécessité de ne point s'alié-
ner le cœur du ministre, colora si
bien la reclusion de Mélica dans le
château de Mandoff, que le duc de
Bellozane crut sans peine à la fable
que lui fit l'époux de Mélica, en
supposant que cette dernière désirait se soustraire à l'étiquette et à
l'esclavage de la cour, dans un moment où les souffrances physiques
que lui causait un nouvel état, lui
faisaient sentir le besoin comme le
désir d'un peu de liberté.

CHAPITRE XI.

Dans le château d'Arnoldy, la situation du comte de Norlis était toujours la même. Triste, malheureux, placé par le sort cruel entre deux femmes charmantes qu'il ne devait plus revoir, et qu'il ne pouvait cesser d'aimer, l'une d'amour tendre, l'autre d'amitié constante, Gustave sentait davantage l'isolement de sa position et l'ennui d'un état sans vicissitudes pour lui ni pour les autres.

La seule distraction inattendue qui lui fut offerte par le hasard, ce fut de trouver dans la tour qui avait servi de prison à Olympia le journal des événemens arrivés à mademoiselle de Mandoff depuis sa disparition de Naples.

Comme ce petit ouvrage contient des détails que nos lecteurs ignorent, nous pensons qu'ils ne trouveront pas mauvais que nous les entretenions encore quelques instans d'une femme belle et malheureuse, dont nous espérons que le triste sort les aura intéressés.

JOURNAL D'OLYMPIA.

Tombée par ma propre imprudence dans un piège affreux, privée de ma liberté, sans espoir de la recouvrer jamais, esclave d'un père et séparée sans retour 'd'un amant trop cher, je suis captive aux mêmes lieux où tout devait m'obéir.

Il n'y a que quelques heures que l'héritier d'un grand empire était à mes pieds ; j'allais avoir sur lui des droits indissolubles, et je suis rayée sans espérance du livre des vivans !..

Quelle chûte !... quel évènement et'quelle terrible punition d'un fol amour !...

Je passerai sur cette terre, et le jour où finira ma vie nul cœur ne me pleurera, nulle main amie ne fermera ces yeux, fatigués de répandre des larmes; je tomberai comme la fleur dans le désert : sa place même n'est point aperçue et sa chûte ne laisse aucun vide...

O souffrance d'un cœur tendre qui s'enivra d'amour et qui ne peut compter sur un seul regret! Quoi! je suis jeune, mes flatteurs me dirent que j'étais belle, la fortune ainsi que les grandeurs sourit à mon berceau, et je ne puis disputer à l'oubli quelques jours d'existence usés par la douleur! Ah! du moins confions à ces feuilles éparses le récit de mes maux. Elles sont périssables comme moi, je le sais, car rien dans la nature n'échappe à la loi terrible de la destruction; mais leur existence est moins fugitive que celle de l'homme, et si un jour un de mes semblables, conduit par le plaisir ou jeté par le malheur dans ce désert sauvage, éprouve

le besoin d'interroger le passé , il
saura qu'avant lui un être faible,
opprimé, sensible et tendre a trouvé dans ces lieux des fers , un persécuteur et un tombeau.

Je ne dirai point comment mon
cœur fut séduit par l'amour, car
son pouvoir a commencé avec ma
vie : j'aimais, j'étais aimée avant
même de savoir que, dans ma situation, aimer le prince était un
crime, en être aimée un malheur.
Je croissais sous les yeux de l'héritier du trône : ses agrémens et ses
vertus se développaient à mes regards trop prévenus ; je ne savais
pas que l'admiration, dans un cœur
brûlant, est aussi une passion.....
Personne ne m'avait avertie du
danger de vivre sans défiance avec
ces hôtes dangereux qui percent le

cœur imprudent qui leur donne un asyle.

La douleur que me causa la nouvelle du mariage du prince avec l'infante d'Espagne m'avertit, mais trop tard, de la situation de mon ame. J'en fus effrayée. Si j'eusse appelé alors la raison et la vertu à mon secours, j'étais digne d'entendre leur sévère langage ; mais l'amour ne le permit pas ; le prince, effrayé des projets du roi, vint me faire part des siens : je connus alors, et pour un seul instant, le bonheur suprême. J'étais aimée autant que j'aimais. Cette certitude m'égara ; j'oubliai tout, excepté l'honneur, et je promis de suivre le prince à l'autel de l'hymen.

Le difficile était de pouvoir faire une démarche aussi dangereuse

*

sans obstacle. L'amour en connaît-il? Le prince m'enleva secrètement du palais de mon père, et me conduisit dans la villa Manfrédy, appartenant à son ancien gouverneur. C'était l'aumônier du duc de Bellozane qui devait nous donner la bénédiction nuptiale. Je les croyais tous deux prévenus; l'aumônier seul l'était.

A peine arrivée à la villa Manfrédy, j'appris que le prince m'avait trompée cruellement, et que M. de Bellozane refusait de me servir de père pour me conduire à l'autel.

Cette nouvelle, en me consternant m'apprit toute l'étendue de la faute que j'avais faite et la profondeur de l'abîme dans lequel je m'étais précipitée. Cependant, revenir sur mes pas était presque

impossible. Comment fuir un amant
adoré qui dans peu d'heures con-
sentait à devenir mon époux? Et
l'asyle paternel, que j'avais si im-
prudemment quitté, ne me serait-
il pas fermé sans retour?... D'un
autre côté, en restant malgré lui
chez le duc de Bellozane, nous le
perdions dans l'esprit du roi, et nous
faisions le malheur d'un homme
innocent qui n'avait pu ni prévoir
ni fuir son sort.

Cette idée me rendit insensible
aux expressions passionnées du
prince; je ne lui dissimulai pas
mon mécontentement, et je demandai à rester seule jusqu'à l'instant redoutable, pour réfléchir à
l'importance de l'action que j'allais
faire.

Malheureuse! c'était avant la

terrible démarche qui m'avait jetée dans l'abîme que j'aurais dû calculer avec mon sort. Hélas ! il n'était plus en mon pouvoir de le changer.

Le prince, toujours soumis à mes moindres désirs, s'éloigna pour me laisser libre. A peine me vis-je seule, que tombant à genoux j'invoquai le ciel avec ardeur. Je me croyais encore digne de le prier ; car la vertu régnait toujours dans mon ame. Un rayon céleste daigna l'éclairer, une inspiration divine me conduisit à la fenêtre. J'aperçus, à travers les ombrages fleuris de la villa où j'étais, la flèche aiguë d'un monastère. La cloche sonna lentement la prière du soir, et mon imagination crut même entendre quelques sons des chants religieux entonnés par les vierges du seigneur.

Elles étaient restées paisibles, car elles n'avaient jamais connu d'autre amour que celui de leurs devoirs.

Cette idée m'inspira le désir de me soustraire près d'elles à l'orage des passions, et de choisir pour asyle le sanctuaire de l'Eternel.

Par cette action, je préservais le prince du malheur d'une union disproportionnée, je sauvais sa gloire, la vie du duc de Bellozane, je méritais l'estime de mon roi, en lui conservant un fils digne de lui, et je réparais l'éclat d'une première faute par l'éclat d'un grand sacrifice.

Soutenue par cette noble idée, je me disposais à fuir; je connaissais la situation du couvent, la bonté de l'abbesse, le peu de distance que j'avais à franchir. Tout devait donc me faire espérer de réussir dans un projet inspiré par la vertu elle-même, lorsque le ciel, qui ne voulait pas laisser un instant d'erreur sans punition, offrit à mes regards, au moment où j'allais fuir, le duc de Mandoff lui-même.

Il entra dans la galerie où j'étais par une porte dont j'ignorais même l'existence.

Son teint était livide, son regard menaçant; il tenait un poignard à la main, et était suivi par un homme d'une figure sinistre qui portait sur ses épaules le corps privé de vie d'une femme encore jeune. A cet aspect je crus que c'en était fait de moi. Un instinct confus du désir de la conservation de mon être me précipita aux genoux de mon père, et je demandai gràce d'une voix suppliante.

Fille indigne de moi, répondit le duc de Mandolf, vous qui faites la honte d'une existence dont vous auriez dù faire la gloire, écoutez-moi. La mort serait un châtiment trop doux pour celle qui a osé concevoir l'espérance d'être reine un jour ; ce sont des fers et une séparation éternelle d'avec l'objet d'un fol amour, qui peuvent seuls satisfaire la vengeance d'un maître irrité. Mais comme, en servant celle du roi, je veux aussi servir ma haine contre le duc de Bellozane, apprenez tous mes plans et connaissez enfin mon cœur. Cette femme privée de vie, revêtue de vos parures, après avoir été mutilée de manière à n'être plus recon-

naissable, doit faire croire au prince
que vous avez péri , et qu'Anastasio
est votre assassin. Voici sa bague ,
son poignard , une boucle de ses
cheveux. Vous étiez chez lui , sous
sa garde ; vous m'entendez.... La
honte et l'échafaud , voilà son partage ; des fers éternels et un tombeau lentement creusé par la douleur , voilà le vôtre.

En achevant cet arrêt cruel ,
mon père me dépouilla sans pitié
des dons que lui-même m'avait
faits dans des jours de calme et
de bonheur. Je vis les apprêts d'un
exécrable artifice , je fus témoin de
la joie barbare qu'il faisait éclater
devant son digne complice.

Une seule chose me surprenait ,
c'était la liberté avec laquelle le
duc agissait dans une maison étran-

gère. J'ai su depuis que mon père
avait eu l'art de s'y ménager des
intelligences, et que le moment
qu'il avait choisi pour m'enlever de
la villa Manfrédy était précisément
le même où le prince, averti par
ses agens de la disparition du duc
de Bellozane, et craignant un éclair-
cissement funeste à ses projets,
avait couru sur ses traces. Son départ facilitait mon enlèvement. Il
s'exécuta sans obstacle, et je fus
conduite au château d'Arnoldy.

Depuis long-tems j'y suis prisonnière ; la douleur a bouleversé mon
ame ; souvent la raison s'éloigne
de moi : le malheur seul reste.....
J'ai changé deux fois de gardiens,
jamais de situation. Bartholo cependant est moins cruel ; il me
donne des fleurs, me laisse soupi-

rer un chant triste comme ma vie,
et me permet d'entreprendre de
longues courses dans les souterrains du château. J'aime leur triste
et sombre profondeur. Quand je
les parcours à la lueur du pin ré-
sineux, et que je vois la flamme
qui s'alimente de ce qui doit la
consumer, je pense à ma jeunesse,
à l'amour et à la mort, qui frappe
tous les âges.

CONTINUATION.

Est-ce un songe ? Suis-je libre,
et est-ce volontairement que j'habite ce château qui me fut si funeste ? Mon père vit dans d'autres
climats, et son courroux ne peut
plus m'atteindre... Je vais revoir le
prince ; il est mon maître, il est

mon roi et l'époux d'une autre femme.

Rendrai-je au duc de Bellozane sa gloire, sa patrie, sa réputation, à Mélica le bonheur ?... Léodgard m'a promis tout cela.

Combien il a souffert pour me délivrer ! et moi, combien n'ai-je pas souffert aussi en entendant ses cris, en voyant celui que je croyais son assassin ! Bartholo m'a trompée : ne pouvait-on me délivrer sans cela ? Et ce généreux comte de Norlis, auquel mon délire faisait tant de peine, à ce que m'a dit Bianca, quel sera son sort ? Puisse-t-il connaître enfin le bonheur, qui ne doit jamais être le partage de la triste et imprudente Olympia de Mandoff.

CHAPITRE XII.

La lecture de ce journal dévoila aux regards du comte de Norlis une foule d'incidens qui, n'étant pas parvenus à sa connaissance, laissaient dans son esprit un peu d'obscurité sur les différens évènemens de la vie d'Olympia. Maintenant tout était expliqué, Gustave n'en était pas plus heureux.

Bientôt à ses regrets douloureux, à ses craintes vagues, à ses souvenirs tristes succédèrent dans le cœur de Gustave, des alarmes réelles, des angoisses encore inconnues : le bruit se répandit qu'après une scène très - vive entre les deux époux, la duchesse de Mandoff était devenue mère au milieu des douleurs les plus cruelles, et qu'on désespérait à la fois de sa vie et de celle de son fils.

Il n'a point aimé, il n'a jamais tremblé pour les jours d'un objet chéri, celui qui ne plaindra point Gustave au moment où il apprit cette funeste nouvelle. Comment rendre son désespoir, sa terreur, ses anxiétés, aussi long-tems que dura le danger? Où trouver des couleurs pour peindre son ravisse-ment, sa joie, son bonheur, lors-qu'il sut que la duchesse de Mandoff ne suivrait point son fils dans la tombe?

Mélica ne devait point renaître à la vie pour lui : n'importe, elle vivra, disait le tendre Gustave ; je ne la reverrai jamais, je le sais, mais aussi long-tems que je respirerai le même air qu'elle, je ne me croirai pas tout à fait malheureux.

C'est ainsi qu'un sentiment pur, délicat, unique, se contente de peu, n'exige rien et donne tout.

Le comte de Norlis, au moment où il savourait avec ivresse le changement survenu dans son sort (depuis qu'il était sûr de la vie de la duchesse de Maudoff) et dans ses idées, ne s'attendait guère au bonheur innocent et inattendu dont il était au moment de jouir. Comme il doit avoir une grande influence sur le sort de Gustave, nos lecteurs permettront sûrement que nous nous étendions sur les détails.

Un jour le comte de Norlis dessinait dans son appartement, lorsqu'on vint lui dire qu'un des tombeaux de la chapelle, en s'écroulant avec fracas, avait enseveli sous ses débris un jeune enfant qui jouait auprès, sans penser à la sainteté du lieu ni au respect dû aux morts. Gustave fut fâché de la négligence du concierge, qui avait laissé la chapelle ouverte, et désolé du triste accident qui en avait été la suite.

Désirant le réparer autant qu'il était en son pouvoir, il envoya chercher des ouvriers habiles, à qui il ordonna d'enlever avec précaution les décombres qui écra-

**

saient le petit malheureux. Malgré
le peu d'apparence qu'il y eût que
l'enfant eût échappé à la mort, le
sensible Gustave fit prendre en sa
présence beaucoup de précautions
qui furent inutiles, car lorsque les
masses énormes qui devaient l'écra-
ser de leur poids eurent été enlevées, on n'aperçut qu'une excava-
tion profonde, mais point d'enfant.
Il n'y avait pas de doute que le
petit malheureux ne fût tombé dans
cet abîme; mais avait-il péri dans
sa chûte ou était-il vivant? C'est
ce que personne ne pouvait savoir.
Pour s'en assurer il fallait descendre dans le gouffre, et aucun des
ouvriers, malgré l'appât de l'or,
ne voulut tenter l'aventure. Ils ont
raison, s'écria Gustave; ils sont
époux et pères de famille; ils doi-

vent donc se conserver pour leurs enfans. C'est à moi, qui suis seul sur la terre, triste et malheureux, c'est à moi de me dévouer.

En achevant ces mots, Gustave ceignit son corps d'un énorme câble, fit attacher à sa ceinture les objets nécessaires à l'exécution de son périlleux voyage, et ensuite prononçant tout bas le nom de Mélica, car son souvenir devait toujours se rattacher à tous les sentimens nobles et généreux, il se fit descendre dans l'abîme.

L'enfant ne s'y trouva point. A sa grande surprise, M. de Norlis se trouva dans un souterrain immense assez semblable à ceux où il avait rencontré Olympia. Désirant se retrouver dans ce dédale immense, notre héros attacha un

fil conducteur à une colonne, précisément au pied du gouffre , et ensuite laissant dérouler le peloton
d'Ariadne , il suivit sans crainte sa
bizarre entreprise.

Il y avait très-long-tems que
Gustave marchait dans ces vastes
régions souterraines ; il estimait
qu'il avait fait plusieurs lieues ; son
fil se déroulait toujours ; il avait
consumé plusieurs flambeaux, et
il ne prévoyait pas quel serait le
but et le terme d'une semblable
course, lorsque des gémissemens
plaintifs et des accens douloureux
vinrent frapper son oreille : Gustave crut reconnaître la voix et il
tressaillit ; mais bientôt il n'entendit
plus rien , le calme le plus profond
régna de nouveau. Alors le comte

de Norlis recommença son voyage
souterrain.

Cependant le même bruit qui
s'était déjà fait entendre recommença tout à coup avec plus de
force : ce n'est point une illusion ;
Gustave a reconnu la voix , il
s'élance du côté où les accens ma-
giques se font entendre, et il se
trouve en présence de la duchesse
de Mandoff.

CHAPITRE XIII.

A u moment où Gustave entre dans une chapelle souterraine, il reconnaît qu'il est au milieu des morts.

Sur une estrade de marbre blanc est assise la statue même de la douleur, car c'est une mère qui pleure sur la tombe de son fils. A ses pieds sont des roses blanches effeuillées, emblême de l'innocence de celui qu'elle a perdu; ses larmes coulent lentement, car elle en a déjà versé

beaucoup. Son regard mélanco-
lique est fixé sur l'inscription dic-
tée par son cœur, et qu'elle a fait
graver sur le tombeau où repose
l'objet de ses regrets : *il ne fit que*
passer sur la terre des vivans, et il
y laissa une mère inconsolable.

A ce spectacle de beauté, de ré-
signation et de sensibilité, le cœur
de M. de Norlis aurait reconnu Mélica, lors même que ses yeux n'au-
raient pu distinguer des traits sans
cesse adorés.

Il s'approcha d'elle avec atten-
drissement, mit un genoux en terre
avec respect et lui dit d'une voix
émue : Epouse et mère infortunée,
revoyez devant vous le seul ami
fidèle sur lequel vous puissiez
compter ; dites-lui s'il est en son

pouvoir d'adoucir une seule de vos douleurs et disposez de sa vie.

A ces accens toujours chers, la duchesse de Mandoff tressaillit; elle leva les yeux , reconnut Gustave, et croisant ses mains sur ce cœur brisé par tant d'épreuves , elle baissa la tête en lui montrant le cercueil. Il dort, dit-elle , ô Gustave ! était-ce donc sur la tombe d'un fils que le ciel devait me réunir à..... Mélica n'acheva point : elle ne savait plus de quel nom appeler Gustave.

Celui-ci, respectant ses devoirs et sa délicatesse, lui apprit brièvement quel hasard extraordinaire l'avait amené près d'elle.

Ces longs souterrains , reprit Mélica, s'appèlent la Vallée des tombeaux. Le château d'Arnoldy et celui de Mandoff, appartenant aux différentes branches de cette famille, chacun de ses rejetons, après avoir suivi une destinée différente, est venu successivement reposer à son tour à l'ombre de l'arbre de la mort dans cette même vallée. Je connaissais depuis long-tems le passage qui conduit aux deux châteaux, mais je croyais qu'en venant prendre possession du sien, Léodgard avait fait placer des grilles, comme il en avait le projet, aux issues de communication.

Heureusement qu'il ne l'a point fait, s'écria involontairement Gustave !

Le ciel l'a permis ainsi, reprit la duchesse de Mandoff d'une voix imposante, par pitié pour les craintes d'un cœur trop sensible. Depuis que je vous sais en Italie et près de moi, je ne goûte plus un moment de repos. Hélas! votre séjour dans ma patrie vous éloigne de la vôtre, sans avoir aucune influence sur mon sort. M. de Norlis, partez, je vous en conjure, retournez dans cette heureuse France que je ne dois plus revoir, mais dont le souvenir m'est si cher..... Léodgard est jaloux, défiant; depuis quelques jours, un projet sinistre semble l'occuper. Il est en ce moment à Naples et à la cour; vous êtes étranger, sans appui : s'il osait.... O! M. de Norlis, lisez dans le cœur d'une femme sensible qui craint d'offenser ses devoirs en soupçonnant son époux, et qui tremble d'avoir un crime à repro-

cher au maître de son sort. Vous
ne me répondez point, vous pa-
raissez mécontent. O Gustave ! est-
il donc bien loin de votre cœur ce
tems où le mien était entendu, deviné même par vous ?

Femme céleste et toujours adorée, que voulez - vous de moi
s'écria M. de Norlis en venan
tomber à ses pieds ?

Il y avait tant d'amour, de regret et de douleur dans l'expression
de Gustave, que la duchesse de
Mandoff, effrayée de la puissance
des souvenirs qu'elle venait d'évo-
quer, se mit à genoux près de Gustave et lui dit d'une voix touchante :
Je conjure M. de Norlis de prier
un instant avec moi sur le tombeau
du fils, et de dire ensuite un éternel adieu à la mère.

★

Gustave obéit ; il pria : le ciel l'entendit. Une expression de vertu résignée brilla sur ses nobles traits : Mélica s'en aperçut ; elle se releva, et, d'un air aussi imposant que noble, elle lui dit : Avant de nous séparer, il faut que je vous remette un gage de salut : c'est le portrait d'Olympia; vous connaissez toutes les vicissitudes qui l'ont fait passez successivement des mains du prince royal, auquel le duc Arnoldy l'enleva sans que le prince s'en aperçût, ensuite dans les vôtres, quand Léodgard eut l'adresse de le substituer au mien, que vous envoyait Arnoldy ; vous savez que je le conservai après notre séparation ; mais ce que vous ignorez sans doute, c'est que le roi attache le plus grand prix à ce portrait ; qu'il l'a fait rechercher avec

soin dans les effets du duc Arnoldy, et qu'il a engagé sa parole
royale d'accorder à celui qui le lui
rapporterait, les grâces et les faveurs qu'il demanderait. Léodgard
et mon père, instruits de cette
circonstance, désirent tous deux
l'avoir; mais ils sont persuadés
qu'il est resté entre vos mains. Le
voici : conservez-le jusqu'à ce que
vous ayez mis un intervalle immense entre vos ennemis et votre
personne; mais si les premiers
essaient de vous tendre des pièges,
ou de vous précipiter dans quelque
abîme, que ce talisman que je
vous remets soit pour vous le signal du salut. Sans répondre à vos
accusateurs, demandez à parler au
roi; montrez-lui le portrait d'Olympia, et faites ressouvenir son au-

guste amant de sa royale promesse.

En achevant ces derniers mots,
la duchesse de Mandoff s'éloigna
sans vouloir ajouter un seul mot.

Le comte de Norlis, surpris de
ce qui venait de lui arriver, crut
un moment avoir fait un rêve enchanteur qui ne lui avait offert
que l'image de Mélica ; mais une
sensation douce et calme ayant
succédé dans son cœur au trouble
qui l'agitait avant cette rencontre,
M. de Norlis fut persuadé que ce
n'est jamais sans fruit qu'une femme
vertueuse et sensible apparaît aux
regards des mortels.

CHAPITRE XIV.

Instruit par la duchesse de Mandoff, le comte de Norlis rentra au château d'Arnoldy par un chemin beaucoup plus court et moins périlleux que celui qu'il avait pris pour descendre dans la Vallée des tombeaux.

Ses gens, en le revoyant, crièrent au prodige, et se réunirent pour célébrer son courage, ainsi que son humanité. Gustave se garda bien de les instruire de la récom-

pense qu'il en avait reçue; une autre
non moins douce lui était encore
destinée : il apprit que le jeune enfant, objet de sa pitié, avait été
retrouvé à la porte de la glacière;
qu'il s'était légèrement blessé dans
sa chûte, et que tout faisait espérer qu'après quelques jours de repos, il ne conserverait aucun souvenir de l'accident qui lui était arrivé.

Pour mieux en effacer la trace,
Gustave s'informa de sa famille;
elle était pauvre, laborieuse, hon-
nête; M. de Norlis lui assura un
sort, et lui promit de faire élever
l'enfant, en mémoire du bonheur
que sa recherche lui avait procuré.

Ces projets de bienfaisance oc-
cupèrent agréablement le comte de

Norlis. Quand ils furent exécutés,
il songea, quoiqu'à regret, à obéir
à Mélica : elle désirait son éloigne-
ment ; le repos de sa vie semblait
attaché à cette preuve de condes-
cendance de la part de Gustave ;
le tendre Gustave pouvait-il ne
pas la lui donner ?.....

Il quitta donc avec peine, mais
il quitta le château d'Arnoldy et
ses bons vassaux, qu'il laissait or-
phelins, pour se rendre à Naples,
où il devait faire ses adieux au duc
de Bellozane.

Avant de quitter la patrie des souvenirs héroïques, Gustave voulait
y remplir un dernier devoir, afin
de n'y laisser que des regrets et
point de remords.

Arrivé à Naples, le comte de
Norlis, après avoir fait tous ses pré-

paratifs pour un plus long voyage,
se rendit au palais du duc de Bellozane. Il ne put y être admis ; son
excellence ne recevait personne.
Avec tout autre que le père de Mélica, Gustave aurait laissé son nom
et serait parti pour la France; mais
le duc de Bellozane avait été au
moment de devenir le père de Gustave; il était son libérateur : ne point
le voir une dernière fois, cela aurait
paru cruel à Gustave. Il différa son
voyage jusqu'au lendemain.

Le lendemain même démarche,
même réponse : l'embarras et la
confusion semblaient régner dans
le palais du duc ; on allait, on venait; ces mots entrecoupés, *il est
mort; a-t-il fui ? il est perdu*, frap-
pèrent l'oreille de Gustave.

Soupçonnant un mystère, et redoutant un malheur, il revenait à son hôtel le cœur déchiré d'inquiétude, lorsque sa course rapide fut arrêtée près l'église de Saint-Janvier par une marche funèbre de la plus grande magnificence ; car la mort a ses pompes et ses fêtes comme la vie, et l'homme, passager d'un jour sur le fleuve rapide du tems, ne veut pas consentir à disparaître sans obtenir un dernier regard, ou sans exciter une dernière sensation.

Le comte de Norlis fut frappé du concours de monde qui suivait le char funèbre, sur lequel étaient posées des armoiries, emblême de la grandeur, des glaives croisés, symbole de la vaillance, et une couronne de fleurs, attribut de la jeunesse. Un mouvement d'intérêt

et de pitié lui fit demander le nom
de celui pour lequel la religion allait
ouvrir le trésor de ses prières.

Une femme, enveloppée d'un
manteau de deuil, lui répondit :
C'est le comte d'Orimo, fils et sou-
tien du dernier duc de ce nom.
Beau, jeune, aimable, vertueux et
bon, pour avoir un ennemi, il fallait qu'il existât un monstre : il l'a
rencontré ; le comte d'Orimo est
tombé sous ses coups. Plaignez son
père, mais ne pleurez pas sur sa
mère; car elle ne lui survivra point.

En achevant ces mots, cette
femme voulut se perdre dans la
foule : encore un mot, lui dit Gustave en versant quelques larmes,
nommez le monstre qui a tranché
le cours d'une si belle vie ?

Léodgard de Mandoff, murmura l'inconnue, et elle s'éloigna !...

Le comte de Norlis resta muet de douleur et de surprise. Il connaissait donc ce secret terrible qui pesait sur le cœur du duc de Bellozane. L'époux de la céleste Mélica transformé en vil assassin ! le fils adoptif du plus vertueux des hommes chargé d'un meurtre, et couvert du sang innocent !.....

Le poids de cette honte, l'anathème lancé contre le coupable, et le désespoir de toute une famille, pesèrent sur le cœur du vertueux Gustave, comme s'il eût participé au meurtre. Pour un instant l'homme de bien connut le tourment de la flétrissure ; car il lui semblait que la mort du comte d'Orimo imprimait une tache à la gloire de tous ceux qui avaient le malheur d'appartenir à Léodgard.

Cependant, convaincu que M. de Bellozane devait avoir besoin de consolation dans un moment aussi terrible, Gustave retourna au palais de cet homme infortuné, qui payait bien cher dans cet instant la préférence qu'il avait donnée au comte de Mandoff pour lui confier le bonheur de Mélica.

En arrivant chez le duc de Bellozane, il reçut la réponse ordinaire faite depuis deux jours à tous ceux qui demandaient son excellence : *Monseigneur n'est pas visible.*

Cette fois-ci M. de Norlis ne se contenta pas d'un si faible renseignement ; il écrivit son nom sur une carte, la donna au coureur

du duc, qui était dans ce moment
à arroser les orangers de la ter-
rasse, et il pria cet homme, en lui
glissant une pièce d'or dans la main,
de porter sur-le-champ cette carte
à M. de Bellozane, en lui disant
que la personne dont elle portait
le nom désirait être introduite auprès de son excellence, ayant quelque chose de très-important à lui
communiquer. Il y a un langage
universel, entendu sans exception
dans tous les pays du monde : c'est
celui de l'intérêt ; la vue de l'or ap-
planit les difficultés, et fait sur-
monter tous les obstacles : M. de
Norlis l'éprouva en Italie comme en
France. Le coureur ordonna impérieusement de faire entrer la
voiture de M. le comte, se plaignit avec humeur qu'on lui eût

donné la peine de revenir trois fois, et conduisit Gustave, avec toutes les marques du plus profond respect, jusque dans le premier vestibule, où il le laissa avec le premier laquais.

En sa présence, les mêmes obstacles se renouvelèrent; M. de Norlis eut recours au même moyen : il obtint un succès aussi éclatant. Après avoir satisfait à toutes les formalités d'usage chez les ministres, le comte de Norlis parvint de passes en passes, de mains en mains, jusqu'au cabinet du duc de Bellozane.

CHAPITRE XV.

Arrivé en présence de ce père malheureux, Gustave resta debout devant lui, ses bras croisés sur sa poitrine ; il n'avait pas le courage de dire un seul mot, ni d'adresser une seule question à celui dont il sentait toutes les douleurs, et dont il devinait les regrets....

En apercevant son jeune ami, le duc de Bellozane se précipita dans ses bras, en lui disant d'une voix étouffée : O Gustave ! êtes-

**

vous assez vengé ? celui dont l'ambition fit votre malheur en est-il
assez puni ?

Ne parlons point de moi, répondit Gustave ; ne nous occupons que
de vous, de Mélica, et des moyens
de sauver un coupable dont la
perte entraînerait celle de votre
gloire.

— Je crois sa vie en sûreté :
avant peu, il doit quitter sans retour la terre qui le vit naître, et
la chaumière du Montanvert, qui
me reçut sous son toit hospitalier,
est prête à donner encore un
champêtre asyle à Léodgard.

— Et la duchesse ?

— Toujours noble et vertueuse,
toujours prête à remplir ses devoirs comme à se soumettre aux
arrêts rigoureux du ciel, Mélica,
sans proférer une plainte, et sans

adresser un seul reproche à son coupable époux, la céleste Mélica n'a point hésité, nouvelle Éponine, à suivre le destin d'un proscrit. Sans vouloir se séparer de celui qui sut bien peu apprécier le trésor qu'il possédait, madame de Mandoff a suivi Léodgard dans la Vallée des tombeaux, et la pierre funéraire est devenue son lit d'hyménée !

Oh ciel ! s'écria Gustave, vous n'avez pu empêcher un parti si funeste ? Eh quoi ! le silence, l'obscurité, la mort, environnent celle qui méritait un trône !...... Grand dieu !..... toi qui donnes si rarement à la terre le spectacle enchanteur de toutes les vertus réunies, ta bonté ne nous l'a-t-elle offert dans la personne de cet ange terrestre que marqué en même tems du sceau d'un éternel malheur ?

Non, reprit le duc de Bellozane ; malgré ce nouveau et dernier coup, j'ose encore espérer pour ma fille des jours plus sereins ; son séjour dans la Vallée des tombeaux ne sera pas long ; bientôt un air plus pur, des objets moins tristes, et un séjour moins incommode lui seront offerts dans les glaciers de la Suisse. Mais avant de songer à s'y rendre, il fallait soustraire Léodgard aux poursuites de la justice, et la Vallée des tombeaux lui offrait pour quelques jours un asyle aussi sûr qu'impénétrable aux recherches des vengeurs du duc d'Orimo. Leurs poursuites une fois ralenties, le voyage de la Suisse ne sera plus dangereux, et nos proscrits se rendront au Montanvert.

Seigneur, reprit le comte de Norlis, serait-ce une indiscrétion de vous demander quelques détails sur le cruel évènement qui vous plonge dans la douleur? Je vous donnerai, répondit le duc de Bellozane, tous ceux qui me sont parvenus. Jamais Léodgard et le comte d'Orimo n'ont voulu faire connaître au monde ni à leurs amis les motifs de la haine invétérée qu'ils avaient conçue l'un pour l'autre. Elle commença lors de leur retour de l'académie de Vérone. Les ducs d'Orimo et de Mandoff, ministres tous deux du roi, et que leur intérêt personnel tenait unis, firent leurs efforts pour rapprocher ces

deux cœurs. Tout fut inutile, et
Léodgard ne laissa passer aucune
occasion de témoigner sa haine
pour le comte d'Orimo. Son père,
qui redoutait les suites d'une telle
inimitié entre deux jeunes gens
braves, fiers et faciles à s'irriter,
éloigna son fils, en le faisant nommer secrétaire d'ambassade à Ma-
drid. Pendant son absence, le projet d'union entre Mélica et le comte
de Mandoff ayant été suspendu par
mes malheurs, Arnoldy conçut le
désir comme l'espérance de rapprocher les deux ennemis, en faisant épouser à Léodgard la belle
Thélamire, fille du duc d'Orimo.
Le jeune de Mandoff refusa opi-
niâtrément une union odieuse à son
cœur. L'arbitre de son sort crut
pouvoir le réduire par la force.

Vous savez quel fut le résultat
d'une entreprise mal conçue: Léodgard fit servir à la réussite de ses
projets les mêmes moyens que le
duc de Mandoff avait pris pour les
déjouer.

La mort d'Arnoldy et mon ambition lui assurèrent l'objet de ses
vœux; il s'unit à Mélica. En obte-
nant une femme sensible, vertueuse
et belle, il joignit à ce premier bien-
fait du ciel les grâces de la cour,
les faveurs de la fortune et les avan-
tages auxquels l'homme ambitieux
attache tant de prix. Léodgard aurait dû se trouver heureux; il l'aurait été en effet, si dans ce cœur
farouche et sauvage, formé pour la
haine, il y avait eu un seul fibre
pour l'amour et la reconnaissance.
Mais le comte de Mandoff n'aimait

point la compagne charmante qu'il avait tant désiré d'obtenir ; son orgueil seul avait été mis en jeu, et l'orgueil est une passion terrible dans le cœur de Léodgard. La fortune, unie au pouvoir, lui disputait la possession de Mélica ; il avait voulu triompher de ces arbitres du destin des mortels, il y était parvenu. Le désir satisfait ne lui avait pas donné le bonheur ; Léodgard ne pouvait pas le trouver dans le repos de la vertu, car il le cherchait toujours dans la tempête des passions. Lorsque le sentiment qu'il avait pris pour de l'amour se fut éteint dans son ame, la jalousie et la haine vinrent l'occuper d'une manière terrible.

Ne pouvant atteindre son ennemi en Espagne, il tourna ses fa-

cultés de nuire sur la victime inno-
cente que mon ambition avait mise
en son pouvoir. J'ignorai long-tems
le malheur de ma fille, et c'est
encore un de mes crimes envers
Mélica: j'aurais dû veiller au repos
de celle dont j'avais sacrifié le bonheur.

La cour de Naples, plus clair-
voyante, connut les tourmens de
la duchesse de Mandoff; on la plaignit ; sa retraite dans le château
de son époux augmenta la pitié,
car il s'y joignait les regrets causés
par l'absence de ses douces vertus.
De la compassion pour la victime
on passa bientôt à la haine pour
l'oppresseur : les réflexions piquantes, les parallèles injurieux,
les observations malignes, tout fut
dirigé contre Léodgard. En sa pré-

sence et dans le monde , lorsqu'il
y paraissait, un froid dédain, une
politesse ironique et des allusions
piquantes, l'avertissaient combien
sa conduite envers Mélica le rendait odieux.

Ses ennemis ne s'en tinrent pas
là : on avertit le roi des malheurs
de la duchesse de Mandoff. Ce
monarque avait désiré l'union de
Léodgard et de ma fille. C'était en
faveur de Mélica que ce prince
avait accordé tant de grâces au
comte de Mandoff. Irrité contre lui,
le monarque le fit venir en sa présence ; il n'avait pas le projet de le
punir , il ne voulait que l'avertir.
De la douceur de la part du duc
de Mandoff et un sincère repentir,
tout était pardonné ; l'inflexible
Léodgard n'apporta en présence

de son maître que de la hauteur,
du dédain , et la ferme résolution
de ne point revenir sur ses pas.
Le roi , justement irrité , le bannit
de sa présence , en lui ordonnant
de remettre au duc d'Orimo le
porte-feuille des affaires dont il
était chargé.

CHAPITRE XVI.

L E comte de Mandoff revint auprès de Mélica le désespoir et la
rage dans le cœur, bien décidé à
faire expier à sa douce victime l'intérêt général que ses malheurs ex-
citaient.

De mon côté, averti par la rumeur publique et par le roi lui-
même, je sollicitai un ordre royal
qui m'autorisât à reprendre sous
ma protection paternelle une femme

infortunée qui ne trouvait plus auprès de son époux sûreté ni repos.
Muni de ce palladium pour la vertu
malheureuse, je me rendis au château de Mandoff. J'y trouvai la
duchesse seule : je crus l'instant
favorable pour exécuter mes projets; hélas! que je connaissais peu
l'ame généreuse de la céleste Mélica !

En voyant l'ordre royal qui la
soustrayait à son tyran, madame
de Mandoff répandit quelques larmes. Mon père, me dit-elle, lorsque j'étais seule malheureuse, je
ne sais pas, je ne puis pas répondre
que dans l'excès de mes tourmens
je n'eusse accepté, loin d'un époux,
l'asyle paternel que vous m'offrez;
mais il n'est plus tems : Léodgard,
que j'aurais peut-être consenti à

fuir au jour de son bonheur, est bien malheureux vous le savez. Banni de la cour, disgracié de son maître, privé de ses honneurs, en butte à la haine, à l'indignation, il a tout perdu, seule je lui reste, et si mes soins consolateurs ont quelque prix à ses yeux, votre fille peut-elle les refuser à l'époux que vous lui avez ordonné de prendre? Mélica me regarda d'une manière suppliante en finissant ces derniers mots. Femme céleste! elle demandait comme une grâce de faire une action sublime.

Je pris sa main, et la posant contre mon cœur, Mélica, lui dis-je, sens-tu combien il doit y avoir, dans ce cœur paternel, de remords, de douleur et de tendresse pour toi?

Madame de Mandoff soupira tristement, quelques larmes coulèrent de ses beaux yeux.

Gustave, soyez fier, il vous est permis de l'être, car je suis bien sûr que ce soupir et ces larmes étaient accordés à votre souvenir.

M. de Norlis ému serra dans ses mains celle que lui tendait le père de Mélica, et il détourna la tête, pour lui dérober le secret de quelques larmes arrachées à son mâle courage par l'amour et le regret.

Après quelques instans d'une mutuelle émotion, le duc de Bellozane continua son récit.

Je passai la journée au château de Mandoff. Léodgard ne paraissait point ; Mélica n'était pas inquiète de son absence ; car sou-

vent il passait deux jours à Naples
et ne revenait que le troisième.

Entraîné par le plaisir de me
trouver seul avec ma fille et de
pouvoir me livrer au charme de la
confiance, je prolongeai si tard
nos doux entretiens, que je renon-
çai à retourner ce soir-là à Naples,
et formai le projet de passer la nuit
au château de Mandoff.

Mélica parut enchantée de ma
résolution : il y avait si long-tems
que ma fille n'avait reposé sous le
même toit que son père... Nos deux
cœurs sentirent l'un comme l'autre
le bonheur d'une plus longue réu-
nion.

Après en avoir prolongé la durée
aux dépens de notre sommeil,
nous allions enfin nous séparer,
lorsqu'au moment de me conduire

dans l'appartement qu'elle m'avait destiné, Mélica entendit frapper un grand coup à la porte du château, et enmême tems l'horloge du beffroi sonna minuit.

Cette heure avait toujours été aussi remarquable que funeste pour moi. La duchesse s'en rappela et tressaillit; le même pressentiment glaça mon courage; j'entrevis confusément la possibilité d'un nouveau malheur pour ma fille. Ma tendresse, exaltée par le sentiment d'admiration que ses vertus faisaient naître dans mon cœur m'inspira, sur son sort, l'effroi que je n'avais jamais éprouvé sur le mien. Je saisis Mélica, j'entourai de mes bras paternels l'être sans défense qui faisait ma gloire quand j'avais fait son malheur, et réunis tous

les deux sur le sein l'un de l'autre,
je défiai la mort même de pouvoir
me séparer de ma fille.

Tout à coup la porte de son appartement est ouverte avec violence... Un homme paraît : il est
couvert de sang ; une épée nue est
dans ses mains, la pâleur de la mort
est répandue sur son front, sur
lequel se hérissent des cheveux en
désordre.

Cet homme, ou plutôt ce spectre,
s'avance vers nous. Mélica jette un
cri d'effroi : elle a reconnu son
époux !

Je veux parler au duc de Mandolf; Mélica devine ma pensée, et
s'arrachant de mes bras, elle saisit
celui de Léodgard, et l'attirant vers
elle, époux infortuné, lui dit cette
femme angélique, parlez à votre

amie ; dites-lui quel nouveau malheur est venu fondre sur votre tête. Ne craignez ni courroux ni reproches : j'appris d'un père long-tems malheureux à plaindre le malheur, et il m'enseigna aussi à supporter les coups du sort. Soyez donc sûr que mon courage égalera vos revers, et que si l'amitié peut les adoucir, vous ne serez point sans consolation.

A ces paroles touchantes, prononcées avec un organe enchanteur, Léodgard vint tomber aux pieds de Mélica. Femme sublime, lui dit-il, toi dont le sort affreux rappèle le supplice inventé par Mézence, se peut-il que dans ce cœur sensible, que j'ai abreuvé de tant de fiel et d'amertume, il subsiste encore un sentiment doux, et qu'il

soit réservé pour ton persécuteur !
O Mélica ! s'il en était ainsi, je
pourrais espérer mon pardon du
ciel !

Attendez tout de sa clémence,
répondit la duchesse : Léodgard,
nous le prierons ensemble, et nos
vœux réunis, en s'élevant vers le
trône de l'Eternel, en feront descendre sur vous le repos, si le
bonheur a fui pour jamais.

Sais-tu, lui dit Léodgard, en
saisissant sa main avec un mouvement convulsif, à qui ta bouche
si pure promet le repos ? Sais-tu
que c'est à un meurtrier ?... Tu me
fuis, tes regards se détournent de
moi : je le savais bien, Mélica,
que je perdrais même jusqu'à ta
pitié.

Non, reprit la duchesse en revenant lentement sur ses pas, non Léodgard, je ne séparerai point ma destinée de la vôtre : Caïn fugitif et coupable comme vous, en quittant les tentes paternelles, ne conserva de tous les biens qu'il avait possédés que la fidélité de sa compagne. J'imiterai l'exemple de la première femme malheureuse qu'ait vue le monde encore au berceau, et je fuirai dans le désert avec Léodgard !...

Fuyons donc sans délai, reprit le duc de Mandolf; bientôt le duc d'Orimo apprendra qu'il n'a plus de fils, que l'héritier de son nom est tombé sous mes coups; le roi, furieux de ce que j'aie osé braver la rigueur de ses arrêts sur le duel, vengera la cause de son ministre, et je périrai avec honte sur un écha-faud sanglant.

CHAPITRE XVII.

L'EXPLICATION rapide que venait de nous donner le duc de Mandoff soulageait mon cœur du poids de la honte de savoir l'époux de Mélica l'auteur d'un lâche assassinat. Quand Léodgard eut prononcé le mot duel je me crus sauvé. Dieu ! m'écriai-je , au moment où tu nous frappes, je bénis encore tes coups, pui que Léodgard a combattu son ennemi avec honneur !

Depuis long tems , répondit le

duc, je méditais le dessein de perdre
la vie ou de l'arracher au détestable
d'Orimo. Son voyage en Espagne ,
mon union avec votre fille, et la
crainte de voir l'édifice de ma faveur à la cour renversé m'avaient
retenu. Je perds en un jour les bon-
tés du roi, mon crédit, j'apprends
l'arrivée du comte d'Orimo, et que
c'est lui qui doit être revêtu de la
confiance du monarque et de mes
honneurs : déjà il ose se vanter de
son triomphe sur moi. Le désespoir , la haine et la vengeance tor-
turent mon cœur : je n'ai plus rien
à perdre , je suis décidé à tout braver. Je défie dans un combat sin-
gulier l'ennemi que je déteste ; le
sort des armes me venge du caprice
de la faveur des rois : le comte
d'Orimo succombe avec vaillance

dans un combat où présidait l'honneur, et après l'avoir vu tomber sous mes coups je suis venu ici, dans l'intention de faire à Mélica mes derniers adieux.

Ainsi parla le duc de Mandoff.

Je sentais comme lui la nécessité pressante de fuir, mais je craignais que le roi ne fût instruit du duel de Léodgard avant que ce dernier n'eût eu le tems de quitter le royaume. Je connaissais la sévérité des lois sur le duel, la rigueur avec laquelle on les faisait exécuter ; je ne savais dans quelle retraite cacher Léodgard. Ce fut Mélica qui proposa la Vallée des tombeaux.

Dans son enceinte ténébreuse, plusieurs retraites ignorées, ayant différentes issues, avaient été pratiquées lors des guerres civiles, pour donner aux vivans persécutés un refuge dans le sein même de la mort. L'asyle était impénétrable et nous n'avions pas le choix : ce fut donc auprès du cercueil de son fils que la courageuse Mélica vint se réfugier avec son époux.

La fidèle Marinna, dont vous n'avez peut-être pas, mon cher Gustave, entièrement perdu le souvenir, est auprès de ma fille ; le dévoué Wasky, auquel vous avez permis de nous suivre en Italie, est resté au château de Mandoll, pour veiller sur le sort des deux époux et donner à Léodgard les soins qu'exige sa blessure.

J'attends à présent que la rumeur publique et l'indignation générale excitée par la mort du comte d'Orimo soient calmées ; avant ce

**

moment, je crois qu'il serait dangereux de faire sortir Léodgard de sa retraite.

Que dit le roi de ce cruel évènement, demanda Gustave ?

J'ai vu ce prince, répondit M. de Bellozane ; il est indigné contre Léodgard, veut faire poursuivre son procès avec la plus grande rigueur, et m'a défendu de reparaître en sa présence si je voulais encore dire un seul mot en faveur du coupable.

— Quoi ! votre auguste élève vous a refusé la grâce de l'époux de Mélica !

— Le roi m'a vu prosterné à ses pieds, dans l'attitude de la douleur et de la honte : il a été sans pitié pour moi.

— Que pouvait-il répondre à vos prières?

— Il leur opposait le danger de l'exemple, la grandeur du crime, et la sévérité des lois?

— Impassibles comme elles, les monarques sont-ils donc sans entrailles?

— Mon ami, vous êtes cruellement vengé; car j'apprends, mais trop tard, à connaître le prix de la faveur des rois. Désabusé sans retour du vain néant des prospérités humaines, c'est à ma fille désormais que je veux consacrer ma vie. Je protégerai sa fuite, et, en le partageant, j'adoucirai son exil.

Gustave, cette cabane du Montanvert, où je sauvai votre vie et où Mélica connut l'amour, je vais l'habiter avec ma fille, et son toit de chaume deviendra mon unique palais. Que ne pouvons-nous, ô Gustave ! nous flatter qu'un jour... Le duc de Bellozane n'acheva pas : ses larmes coulèrent.

Le comte de Norlis ému se leva ; il était pâle, un tremblement universel agitait ses membres nerveux. On voyait qu'un souvenir à la fois pénible et doux oppressait son cœur.

Enfin, faisant un effort sur lui-même, il se rapprocha du duc de Bellozane et lui dit, avec un souris amer : Je pense que vous ne craindrez pas de dire au rival de Léodgard le moment choisi pour son départ et le vôtre ; je désire vous accompagner sans qu'il le sache, afin que si votre fuite était décou-

verte , je pusse consacrer à votre
défense mes tristes jours.

— Bon et généreux Gustave , je
l'ignore encore : la terre a reçu
aujourd'hui les dépouilles mor-
telles du comte d'Orimo ; demain
le tribunal s'assemble pour juger
Léodgard. Son arrêt sera bientôt
porté. Une fois rendu, la haine
sera satisfaite, la justice du roi
aussi : peut-être daignera-t-il alors
ne plus poursuivre un malheureux,
et nous permettre de chercher dans
une terre étrangère un ciel plus
clément et un toit hospitalier.

Le comte de Norlis soupira , dit
adieu au duc de Bellozane, et il
s'éloigna , en lui promettant de venir le voir le lendemain.

CHAPITRE XVIII.

En sortant du palais du duc de Mandoff, M. de Norlis tourna ses pas vers le temple de l'Eternel. Au milieu des flots orageux de la plus orageuse des passions, Gustave éprouvait le besoin d'un secours céleste.

Il vint le chercher dans cette superbe église où la pitié furtive de deux obscurs sujets fit trouver à un roi malheureux l'asyle du tombeau, que la haine lui refusait (*).

A genoux auprès des cendres de cette victime de l'amour, Gustave osa, sur l'aile de la prière, s'élever jusqu'au ciel, pour demander l'oubli des fautes d'un rival et le sacrifice de la vengeance.

(*) Voici comment le président Dupaty raconte ce tragique événement :

J'ai vu dans l'église de Saint-Janvier le tombeau de ce malheureux André II, roi de Naples, fiancé dès l'âge de sept ans à Jeanne première, et victime à dix-huit ans, au milieu de sa cour, et la veille de son couronnement, de la perfidie de sa jeune épouse, dont le crime fut conseillé par l'amour, hasardé par la jeunesse, excusé par la beauté, légitimé par la politique et justifié à prix d'or, mais auquel ne pardonnèrent ni la nature, ni la conscience, ni Louis II, roi de Hongrie, qui, pour venger son frère, accourut du fond de l'Alle-

Le ciel entendit des vœux aussi purs; il fit descendre dans l'ame fidèle qui l'implorait un rayon d'espérance : la cause touchante que voulait défendre Gustave lui parut gagnée. Il se leva avec confiance et prit la route du palais habité par le roi de Naples.

---

magne un étendard noir à la main, et pendant quarante ans poursuivit, menaça ou épia cette tête coupable, qui enfin, blanchie dans le malheur et le remords, tomba avec sa couronne, teinte du saug de son époux, sous le fer de la vengeance.

L'infortuné André II fut assassiné à Averse, et jeté par une fenêtre. Sa nourrice chercha et découvrit son corps : au bout de trois jours, de concert avec un chanoine de l'église de Saint-Janvier, elle le transporta de nuit dans ce temple, où il fut inhumé secrètement. — Par la suite, le généreux prêtre lui fit élever à ses frais un monument honorable.

En arrivant à la cour, M. de Norlis sollicita du monarque la faveur d'une audience particulière. Elle lui fut accordée. Avant le duel de Léodgard, le duc de Bellozane avait raconté en détail, à son royal élève, l'histoire des amours et des malheurs de Gustave. Ce récit intéressant vivement le monarque, lui avait inspiré l'estime la plus profonde pour les vertus du jeune français ; il admirait son courage, plaignait son malheur, et aurait voulu qu'il eût été encore en son pouvoir de protéger son amour.

Ce fut dans une disposition aussi favorable pour lui que M. de Norri trouva le roi.

En apercevant l'arbitre du sort de son rival, Gustave sentit encore une fois ses forces près de l'aban-

donner ; mais le sentiment divin
de la générosité ranima son courage, et tombant aux genoux du
roi, Sire, lui dit-il, en élevant
vers ce monarque des mains sup-
pliantes, avant de quitter pour jamais la terre fortunée où règnent
les vertus, la gloire et le bonheur,
permettez à un obscur étranger de
solliciter de votre clémence une
faveur insigne.

Comte de Norlis, répondit le
roi d'une voix émue, que désirez-
vous? Je m'engage d'avance à
exaucer tous vos vœux ; car je sais
que votre cœur si noble et si pur
n'en peut former que la vertu con-
damne ou que la sagesse réprouve.

Sire, continua Gustave avec une
modeste assurance, un rival puissant m'enleva ce qui aurait pu faire

mon bonheur ; titres, richesses et grandeurs, j'aurais tout donné pour celle que j'aimais ; il fallut me résigner à la perdre : je ne conservai de la vie que la faculté de souffrir, et du sentiment que le désir de la vengeance. L'heure en est sonnée. Je viens, ô grand roi ! vous conjurer de livrer entre mes mains mon ennemi : Léodgard est coupable, condamné, près de périr ; daignez me permettre, Sire, de me venger du mal qu'il m'a fait en allant lui annoncer de votre part que son roi lui pardonne, que son pays l'absout, et que c'est son rival qui devient en ce jour le ministre de la clémence du souverain, comme il est l'organe de la douleur du sujet qui se repent.

En achevant ces derniers mots

Gustave, en retombant aux pieds du roi, lui présenta le portrait d'Olympia.

Le roi, surpris, reconnut cette image chérie. Que vois-je, s'écria-t-il!... Olympia, femme adorée, est-ce vous qui me demandez la grâce de Léodgard?

Oui, Sire; elle vous conjure de ne pas condamner au mépris, à la honte le nom qu'elle porte. En faveur d'Olympia et en présence de son image, daignez, Sire, ne prononcer que des paroles de clémence.

Généreux Gustave, répondit le roi, que votre grande ame soit contente, Léodgard vous devra la vie et l'honneur : que ne m'est-il permis de charger Mélica du doux soin de récompenser tant de vertus!

J'avais promis d'accorder à celui
qui me rendrait le portrait d'Olympia la grâce qui me serait demandée
par lui : j'acquitte cette parole en
sauvant le duc de Mandolf comme
vous le désirez. Dites-lui seulement
qu'il respecte assez la douleur d'un
père malheureux pour ne pas paraître à ma cour aussi long-tems
que le duc d'Orimo vivra. Il me
reste encore un devoir à remplir
envers la reine. Le sacrifice est
douloureux. mais il est nécessaire,
et je rougirais de paraître faible devant vous, qui sûtes toujours im-
moler votre bonheur à vos devoirs.
Noble Gustave, reprenez ce portrait : Olympia est votre parente,
votre amie ; vous êtes la seule personne qui s'intéresse actuellement
à son sort ; donnez un asyle dans

votre cœur à son souvenir ainsi qu'à son image, et que je puisse me dire : Le portrait de la plus vertueuse comme de la plus belle des femmes est dans les mains les plus dignes de le posséder, puisqu'il ne pouvait pas rester dans celles du plus tendre amant.

En prononçant ces dernières paroles, le roi était ému, troublé ; un soupir depuis long-tems comprimé s'échappa douloureusement de son cœur.

M. de Norlis attendri de voir dans un souverain toute la force de la raison et toute la grâce de la sensibilité, s'éloigna en disant : Heureux le peuple qui possède un tel roi et qui est gouverné par un tel maître!

En quittant le souverain, Gus-

tave se rendit à la chancellerie
d'état, où les lettres de grâce accor-
dées par le roi furent signées sans
délai. Heureux d'avoir remporté
une telle victoire, le jeune comte
retourna au palais du duc de Bellozane, afin d'instruire le père de
Mélica du changement heureux
arrivé dans son sort.

———————

*

CHAPITRE XIX.

Lorsque Gustave fut introduit chez le duc de Bellozane, il le trouva dans le même accablement et la même douleur où il l'avait laissé. Le comte de Norlis essaya par degrés de faire renaître l'espérance dans son ame, afin de la préparer insensiblement au bonheur qui allait être son partage.

Malgré de si tendres ménagemens, M. de Bellozane pensa mourir de joie en apprenant le service

que Gustave venait de rendre à sa
famille, en lui sauvant l'honneur.
Son impatience d'apprendre une si
heureuse nouvelle à Mélica ne lui
permit point d'attendre jusqu'au
lendemain matin, et quoique la soi-
rée fût très-avancée, le duc de
Bellozane voulut partir pour le château de Mandoff.

D'après les vives instances qu'il
fit à Gustave, ce dernier consentit
à l'accompagner.

Leur route se fit rapidement et
sans obstacle. Arrivés à la porte du
château, M. de Bellozane, sans
vouloir se reposer dans les appartemens, prit le chemin de la Vallée
des tombeaux. Le comte de Norlis,
par délicatesse, refusa long-tems
de suivre le père de Mélica dans
l'asyle de la douleur; mais le duc

de Bellozane lui dit avec fermeté :
Léodgard est coupable; il fit notre
malheur à tous : la honte qu'il
éprouvera en recevant sa grâce
des mains d'un rival généreux me
paraît une bien faible expiation des
tourmens qu'il fit endurer à Mélica.

Seigneur, répondit Gustave, que
pensera votre noble fille en me
voyant, et ne sera-t-elle pas en
droit de m'accuser d'avoir manqué
aux devoirs de la délicatesse? Plutôt que de mériter d'elle un tel reproche, laissez-moi fuir pour jamais la duchesse de Mandoff, et
recevez ici mes éternels adieux.

Non, non, reprit le duc de Bellozane, il faut que Léodgard voie
son libérateur, et qu'il prononce
dans vos bras, en retour de vos
bienfaits, la promesse solennelle

de faire enfin le bonheur de Mélica.

Gustave soupira : son cœur lui
dit que la délicatesse de M. de Bellozane aurait dû l'avertir de ne pas
parler de bonheur devant deux
amans fidèles séparés pour jamais.
M. de Norlis, malheureux et triste,
se dit, en suivant le duc de Bellozane, encore un sacrifice, et ce sera
le dernier ; je vais la voir encore
une fois et ce sera la dernière !

Idée déchirante!.. Pourquoi ne
peut-elle donner la mort à l'ame
sensible qui en connaît toute la
douleur ? Voilà ce que pensait Gustave.

Arrivé à la porte secrète donnant
dans la Vallée des tombeaux, le
duc de Bellozane fit le signal con-
venu, la porte s'ouvrit, se referma

sur nos voyageurs, et le duc, accompagné de son jeune ami, entra dans les sombres profondeurs de l'abîme.

Arrivés dans l'asyle mystérieux qui renfermait les deux époux, un cri de surprise et de douleur échappa en même tems au duc de Bellozane et au comte de Norlis, à la vue du spectacle qui s'offrait à eux. Sur une natte rustique était étendu le jeune et beau Léodgard, qui paraissait n'avoir plus que quelques minutes à vivre. A genoux près de son époux, Mélica en larmes lui faisait respirer des sels, tandis que Marinna priait et que Wasky donnait à son jeune maître quelques gouttes d'un cordial fortifiant.

En apercevant M. de Bellozane, le duc de Mandoff se souleva, lui

tendit une main défaillante et lui
dit d'une voix affaiblie : Bénissez le
ciel de ma mort, elle vous préser-
vera de la honte.

Léodgard, répondit M. de Bellozane, en cherchant à dissimuler
son émotion, vivez pour sentir les
bienfaits du généreux comte de
Norlis ; il vous a sauvé l'honneur
et la vie : le roi pardonne, voilà
votre grâce ; rendez-vous digne de
tant de bonheur en faisant celui de
Mélica.

Je ne mérite pas un sort si doux,
reprit Léodgard ; un autre plus
aimé, digne de l'être, se chargera
de ce soin ; je ne dois plus en avoir
d'autre que celui de mourir... Puisque le roi pardonne, mon père,
Mélica, Gustave, ne soyez pas plus
inflexibles, dites-moi tous : Infor-

tuné Léodgard, nous te pardonnons, repose en paix !

Nous te pardonnons, repose en paix, lui dirent la voix affaiblie de M. de Bellozane, et la voix touchante de Gustave.

Ce fut au milieu de ces accens consolateurs de la douce pitié que l'ame du comte de Mandoff quitta la région de la vie.

Au moment où elle s'aperçut que Léodgard n'existait plus, la compatissante Mélica, baignée de larmes, fit signe à Gustave de s'éloigner : il lui semblait que l'ombre de son époux serait offensée, si l'homme qu'elle lui avait préféré restait près d'elle dans l'instant solennel où elle recouvrait sa liberté. M. de Norlis, aussi tendre que délicat, jugeant bien de ce qui se passait dans l'ame de la plus vertueuse des femmes, lui obéit en la quittant et retourna au château d'Arnoldy.

Après les funérailles du duc de Mandoff, sa veuve se retira dans le même couvent qu'Olympia.

Le roi, instruit de la mort inopinée du duc de Mandoff, demanda quelques détails sur ce tragique événement. Le duc de Bellozane lui transmit ceux qu'il avait reçus de Wasky.

Au moment où Léodgard avait percé le cœur de l'adversaire qu'il venait de combattre, il avait reçu lui-même une blessure aussi profonde que dangereuse à la poitrine ; mais insensible au péril qui menaçait sa vie, il n'avait songé qu'à la honte qui allait flétrir sa gloire, et à l'échafaud dressé pour son sup-

plice. Il ne fit donc point d'attention à ses souffrances physiques ;
renfermé dans la Vallée des tombeaux, la privation d'air pur , le
chagrin dévorant et le regret des-
tructeur envenimèrent sa blessure ;
l'inflammation fut rapide : encore
quelques minutes, et le coupable
duc de Mandoff aurait été privé de
la consolation de recevoir le pardon
de Mélica et de son père.

Le roi fut touché de ces tristes
détails ; il voulut voir le comte de
Norlis, et daigna lui dire qu'il se
chargeait lui-même du soin de son
bonheur et de celui de récompenser ses rares vertus.

En effet , lorsque l'année du deuil
de la duchesse de Mandoff fut finie,
le roi annonça un jour à toute la
noblesse de Naples qu'il venait

d'accorder au comte de Norlis le titre et les honneurs du duché de Monté-Viédo, en faveur de sa prochaine union avec la veuve du duc de Mandoff. Le roi joignit à ce don une place brillante auprès de sa personne, et il voulut que le mariage de Mélica et de Gustave fût célébré avec toute la magnificence possible dans la chapelle de son palais.

Le duc de Bellozane, en reconnaissance des bienfaits répandus sur sa famille, ne songea plus à quitter la cour : il conserva jusqu'à sa mort la confiance du roi, l'amour du peuple, l'estime des courtisans et le goût des affaires ministérielles.

Heureux en Italie et près de Mélica, le nouveau duc de Monté-

**

Viédo renonça, non sans peine, mais enfin il renonça au séjour de sa patrie, et devint à Naples le chef d'une nouvelle maison, qui n'oublia jamais qu'elle tirait son origine d'un valeureux et noble chevalier français.

La tendre Mélica, qui n'avait encore connu de la vie que ses peines, et de l'amour que ses orages, goûta enfin un bonheur aussi pur que durable, et qui fut d'autant plus grand qu'elle vit tout le monde applaudir aux décrets miséricordieux d'une providence toujours équitable, qui laisse rarement la vertu sans récompense et jamais le malheur sans consolation.

FIN DU TROISIÈME ET DERNIER VOLUME.

www.ingramcontent.com/pod-product-compliance
Lightning Source LLC
Chambersburg PA
CBHW070857030726
47504CB00005B/1370